小説家者流蓋出於稗官街談巷
語道聽塗説者之所造也孔子曰雖
小道必有可觀者焉致遠恐泥是
以君子弗為也然亦弗滅也
錄漢書藝文志 丁酉冬 傳華

中国印象

丛书主编　程国赋　　副主编　江　曙

古代小说与爱情

杨剑兵　著

暨南大学出版社
JINAN UNIVERSITY PRESS

中国·广州

图书在版编目（CIP）数据

古代小说与爱情 / 杨剑兵著 . —广州：暨南大学出版
社，2017.12
（小说中国）
ISBN 978 - 7 - 5668 - 2261 - 1

Ⅰ. ①古… Ⅱ. ①杨… Ⅲ. ①古典小说—言情小说—小说
研究—中国 Ⅳ. ①I207.41

中国版本图书馆 CIP 数据核字（2017）第 290099 号

古代小说与爱情
GUDAI XIAOSHUO YU AIQING
著　者：杨剑兵
∙∙∙

出 版 人：徐义雄
策划编辑：杜小陆
责任编辑：刘　晶　程晓丽　宋　茜
责任校对：徐晓越
责任印制：汤慧君　周一丹

出版发行：暨南大学出版社（510630）
电　　话：总编室（8620）85221601
　　　　　营销部（8620）85225284　85228291　85228292（邮购）
传　　真：（8620）85221583（办公室）　85223774（营销部）
网　　址：http://www.jnupress.com
排　　版：广州良弓广告有限公司
印　　刷：佛山市浩文彩色印刷有限公司
开　　本：850mm×1168mm　1/32
印　　张：5.75
字　　数：120 千
版　　次：2017 年 12 月第 1 版
印　　次：2017 年 12 月第 1 次
定　　价：29.80 元

总　序

　　本丛书系统研究中国古代小说与中国文化的关系，是一种普及性文化读本，融学术性、知识性、趣味性和通俗性为一体。其主要针对的是具有高中及以上学历的国内读者和海外中华文化爱好者。

　　本丛书的作者，既有年富力强的中年学人，也有年方而立的勤勉后学。他们的著作或为国家哲学社会科学基金项目、教育部社会科学规划项目、省级社会科学规划项目的研究成果，或是各自的博士学位论文，都是作者致力数年的研究成果，反映了近年来的学术新视角和新观点。

　　本丛书尤其重视文献学、文艺学与中国古代小说的综合研究，强调文本细读，有意识地在文化学的视野中探讨中国古代小说，多维度地研究其与中国文化的关系。丛书内容较为丰富，主要有以下六方面：

　　第一，古代小说作品细读与赏析。梁冬丽教授的《古代小说与诗词》讲述了古代小说与诗词的密切关系。中国古代小说引入大量诗、词、曲、赋、偶句、俗语、谚语等韵文、韵语，其独特的"有诗为证"体系对小说创作的开展及其艺术效果的提升起到重要的作用。该书主要由五部分内容构成：古代小说引入诗词的过程、古代小说创作与诗词的运用、诗词在古代小说中的功用、古代小说运用诗词创作的经典案例和古代小说引入诗词对后世小说创作的影响。杨剑兵副教授的《古代小说与爱情》，将古代小说中的爱情故事分为四类，即平民男女类、才子佳人类、帝王后妃类、凡人仙鬼类，再从每类爱情故事中精选四篇代表作品进行评析。吴肖丹博士的《古代小说与女性》，探讨中国古代小说与女性之间的关系，主要通过古代小说中关于女性的生动故事，结合社会生活史，让读者了解两千多年来女性在社会中扮演的角色和社会地位的变化过程。杨骥博士的《古代小说与饮食》，以古代小说文化为纲，中国饮食文化为目，通过特定的饮食专题形式写作，为读者展现中国古代小说的文化内涵。该书以散文笔调为主，笔触闲适轻松，语言风趣，信息量大，兼具通俗性和学术性。

第二，古代小说与制度文化。胡海义副教授的《古代小说与科举》，探讨中国古代小说与科举文化的密切关系，从精彩有趣的小说中管窥科举文化的博大精深。该书既有士子苦读、应试、考官阅卷、举行庆贺等精彩纷呈的科举场景，也有从作者、题材、艺术与传播等方面分析科举文化对古代小说的促进作用的理论阐述。

第三，古代小说与民俗、地域文化。鬼神精怪与术数、法术是信仰民俗的重要组成部分，也是古代小说的重要母题，因此杨宗红教授的《古代小说与民俗》主要分为四部分：神怪篇、鬼魂篇、术数篇和法术篇。神怪篇介绍了五通神、猴精与猪精、狐狸精、银精，指出鬼神敬畏正直凡人；鬼魂篇介绍了灵魂附体、荒野遇鬼、地狱与离魂的故事；术数篇介绍了相术、签占、八字、扶乩、灾祥、谶纬、风水术，分析了这些术数对个人、家庭及国家大事的影响；法术篇重点介绍符咒、祈晴、祈雨、神行术与变形术。江曙博士的《古代小说与方言》，以方言小说为研究中心，论述方言与中国古代小说的关系。该书以方言对小说的影响、方言小说的编译和近代以来方言与普通话之间的论争等为论述重点，以北方方言、吴方言和粤方言为主要方言研究区域，兼涉闽方言、赣方言和湘方言，探讨诸如苏白对清代狭邪小说人物塑造的影响、以俞曲园将《三侠五义》改编为《七侠五义》为例论述从说唱本到文人小说的改编等。

第四，古代小说与宗教关系。受佛教、道教思想影响，中国古代小说中涌现出千姿百态的神仙形象，何亮副教授的《古代小说与神仙》以此为突破口，追溯神仙思想产生的文化根源，探讨了中国古代小说中神仙信仰的文化内涵。叶菁博士的《古代小说与道教》，从道教文化与小说的视角出发，探讨道教思想、人物、仙境及道教母题对中国古代小说的影响。该书内容丰富，笔调生动有趣，可作为研究道教文化与古代小说的入门读物。

第五，古代小说的域外传播。李奎副教授的《古代小说与东南亚》主要论述中国小说在越南、泰国、印度尼西亚等国的传播及其影响。中国古代小说在新加坡、马来西亚、泰国主要以报纸作为载体传播，传播主体是华侨华人。中国古代小说传入越南的时间较早，对越南的小说和诗歌发展影响较大。中国古典小说在印度尼西亚最受欢迎的当属《三国演义》，出现许多翻译本和改编本。

第六，古代小说与心理学综合研究。周彩虹博士的《古代小说与梦》以中国古代小说中的梦类故事或情节为研究对象，运用的理论和方法既有本国的梦理论，又引入荣格学派的相关理论，尝试以中西结合的视野对这一传统题材进行深入浅出、生动有趣的解读，如以生命哲思为主题，结合梦的预测功能，介绍中国古代的释梦观念和释梦方法，并对《庄子》《红楼梦》等作品中的相关情节进行分析；以教化之梦为主题，结合阴影理论，解析《搜神记》、"三言二拍"、《聊斋志异》等相关作品。

本丛书有别于一般的学术性著作，不是简单地将学术著作以通俗语言表达，而是运用新的思维方式和写作方法，是一种有益的尝试，希望也是一种有益的实践。恳请读者朋友批评指正，提出宝贵的意见和建议。

程国赋

2017 年 10 月 10 日

前　言

　　爱情是人类永恒的话题，也是文学永恒的主题，古代小说概莫能外。面对古代小说中丰富而又复杂的爱情故事，我们该如何去梳理、如何去归类？这是本书首先要面对的一个问题。笔者曾试图从历史分期着手，将整个爱情小说的发展历程分成魏晋六朝、隋唐、宋元、明清四个阶段。如果以这种思路去撰写，无疑是在描绘古代爱情小说的演变图。这显然不合本书撰写的初衷。于是，笔者另辟蹊径，采用爱情类型与情节模式相结合的方式，对古代爱情小说进行总体分类与局部选取。

　　首先是对爱情类型进行总体分类。这种分类主要依据恋爱双方的身份。通过化繁为简的方式，笔者将爱情类型主要分成四类：平民男女、才子佳人、帝王后妃、凡人仙鬼。其中，平民男女类是指恋爱双方都是平民身份。不过，平民身份也包括一些非常低级的官阶，如韩凭的舍人身份，又如梁鸿曾在上林苑供过职，这些低级官阶近乎平民。当然，也有贵族男与平民女、贵族女与平民男的爱情故事。不过，这些爱情故事或可归于才子佳人类，或篇目较少，不能构成一类，故本书未对此再作细分。才子佳人类中的才子一般是指有才华的人，主要是体现在诗词歌赋方面，不论其出身富贵贫贱、是否考取功名。如《莺莺传》中的张生虽未科考及第，但具有为诗作赋之才，故可称之为才子。而佳人除貌美之外，也要具有一定的才华，包括诗词歌赋、琴棋书画等。如《杜十娘怒沉百宝箱》中的杜十娘等。帝王后妃类中的帝王包括国王与皇帝，我国古代的一国之君在秦代以前一般称为国王或国君，自秦代以后则称之为皇帝。后妃是指王（皇）后与妃子。当然，帝王爱情对象除后妃外，还有妓女等，如宋徽宗与李师师。不过，这样的爱情故事数量较少，故本书不归作一类。凡人仙鬼类则是指恋爱双方，有一方必须为凡人，多为男性，另一方或仙或鬼或怪或魂，多为女性。仙是指神仙，在神话和宗教中修炼得道长生不死的人，或能达到至高神界的人物。鬼是"人所归"（《说文解字》），也就是人死之后所化。怪是指由动物或植物所化，即我们通常所说的妖，如狐精、蜘蛛精、蛇精等。魂是指暂时脱离躯体的灵魂，一般还会归附躯体，或借自体还魂，或借他体还魂。如《杜丽娘慕色还魂》即属借自体还魂，而《贾云华还魂记》则属借他体还魂。

在总体分类的情况下，该如何选取典型爱情故事呢？笔者主要从情节模式方面进行局部选取。比如平民男女类爱情小说，笔者按照较为典型的贤夫良妻、生死不渝、幽会私奔、成功逆袭的情节，选取《梁鸿妻》《韩凭夫妇》《碾玉观音》《卖油郎独占花魁》四篇，作为主要分析文本。同时，笔者还对具有相似情节的古代爱情小说进行了简单梳理与总结。如幽会私奔情节，笔者既梳理了私奔故事在古代小说中的流变，又总结了古代小说中私奔故事的特点。才子佳人类爱情小说，笔者主要按照其爱情结局，包括始乱终弃、大团圆、生不同室死同穴、空余恨等，选取《莺莺传》《无双传》《娇红记》《红楼梦》四篇（部），评述其爱情历程，分析其爱情悲剧，总结其爱情启示。帝王后妃类爱情小说，笔者主要按照帝王与后妃的爱情方式，包括荒唐之爱、童话之爱、情色之爱、真挚之爱，选取周幽王与褒姒、汉武帝与陈阿娇、汉成帝与赵飞燕、唐玄宗与杨贵妃四个典型的帝王后妃爱情故事，评点其爱情有无与得失。凡人仙鬼类爱情小说，笔者主要是按照女主人公的不同，包括女仙、女鬼、女怪、女魂，选取《裴航》《聂小倩》《白娘子永镇雷峰塔》《杜丽娘慕色还魂》四篇，分析裴航与云英、宁采臣与聂小倩、许宣与白娘子、杜丽娘与柳梦梅之间悲切的爱情故事。这些女性神仙鬼怪魂魄为追求自己的爱情，锲而不舍，可敬可叹！

　　笔者在评述以上四类爱情小说的典型文本的同时，为增加其趣味性、直观性，还配以一定的插图。由于时间关系，书中部分插图未能联系上相关作者，请这些作者通过出版社联系我，当有馈谢！

目　录

一、平民男女篇

上邪！

我欲与君相知，长命无绝衰。

山无陵，江水为竭。

冬雷震震，夏雨雪，

天地合，乃敢与君绝！

——（宋）郭茂倩《乐府诗集·上邪》

汉乐府中的名篇《上邪》，向我们展示了痴情的平民男女之间炽热的爱情宣誓，那就是只有山川消失、四季颠倒、重回混沌，才是与君诀别的时刻。这是何等痴情！何等质朴！又何等大胆！古代小说中同样有如此质朴与大胆的爱情发生在平民男女之间，梁鸿与孟光、韩凭夫妇、崔宁与璩秀秀、秦重与莘瑶琴即是他们当中的代表。

（一）千古模范夫妻

"举案齐眉"的典故，出自梁鸿与孟光这对千古模范夫妻的故事。那么，这是怎样一段故事呢？且看《续列女传·梁鸿妻》的描写：

举案齐眉图

（潘振镛绘，1920 年）

梁鸿妻者，右扶风梁伯淳之妻，同郡孟氏之女也。其姿貌甚丑，而德行甚修。乡里多求者，而女辄不肯。行年三十，父母问其所欲，对曰："欲节操如梁鸿者。"时鸿未娶，扶风世家多愿妻者，亦不许。闻孟氏女言，遂求纳之。孟氏盛饰入门，七日而礼不成。妻跪问曰："窃闻夫子高义，斥数妻。妾亦已偃蹇数夫。今来而见择，请问其故。"鸿曰："吾欲得衣裘褐之人，与共遁世避时。今若衣绮绣，傅黛墨，非鸿所愿也。"妻曰："窃恐夫子不堪。妾幸有隐居之具矣。"乃更麁衣，椎髻而前。鸿喜曰："如此者，诚鸿妻也。"字之曰德曜，名孟光。自名曰运期，字俟光，共遁子逃霸陵山中。此时王莽新败之后也。鸿与妻深隐，耕耘织作，以供衣食；诵书弹琴，忘富贵之乐。后复相将至会稽，赁春为事。虽杂庸保之中，妻每进食，举案齐眉，不敢正视。以礼修身，所在敬而慕之。君子谓：梁鸿妻好道安贫，不汲汲于荣乐。《论语》曰："不义而富且贵，于我如浮云。"此之谓也。

梁鸿，字伯鸾，扶风平陵（今陕西咸阳）人，生卒年不详，东汉时期著名的隐士。南朝宋人范晔《后汉书》记载了一个关于他的有趣的故事：

梁鸿……牧豕于上林苑中。曾误遗火延及它舍。鸿乃寻访烧者，问所去失，悉以豕偿之。其主犹以为少。鸿曰："无它财，愿以身居作。"主人许之。因为执勤，不懈朝夕。邻家耆老见鸿非恒人，乃共责让主人，而称鸿长者。于是始敬异焉，悉还其豕。鸿不受而去，归乡里。

故事的大意是：梁鸿在未归隐山林之前，曾在汉朝皇家园林上林苑供职，主要的工作就是养猪。有一次，不慎失火，烧掉别人家的房子，梁鸿了解损失后，全部用猪作补偿。但那家主人嫌少。梁鸿说："我再无别的财产了，只能用自己的劳动来补偿了。"那家主人居然同意了。梁鸿起早贪黑地为这家主人干活。附近的乡绅耆老实在看不下去了，就一起责备这家主人，称梁鸿为长者。这家主人

梁鸿图（清顾沅辑、孔继尧绘《吴郡名贤图传赞》，1829 年刻本）

这时候才开始对梁鸿尊重起来，并将所有的猪归还梁鸿。但是，梁鸿并没有接受就离开了上林苑，回归乡里了。

这个故事在当时是比较轰动的，为梁鸿赢得了很高的声誉，拥有了很多粉丝。其中，孟光就是一位铁杆粉丝。孟光与梁鸿是同乡，也是注重自己德行修养的人。然而，孟光并非一位美女，而是一位"姿貌甚丑"的女性，《后汉书》称她"状肥丑而黑，力举石臼"，也就是体形肥壮，相貌丑陋，肤色黝黑，而且力大无比，能举起舂米的石臼。这完全是一个女汉子形象。从审美的角度来看，孟光确实与传统的淑女形象有相当大的一段距离。然而，人不可貌相，海水不可斗量，孟光以高尚的德行被乡党所尊重，求婚者络绎不绝。可见，在婚姻这等大事上，不能完全以貌取人。但是这些求婚者孟光均未看上，孟光到三十岁时还是一位"剩女"。古代女性三十岁未嫁与今天女性三十岁未婚，完全不是一个概念。所以，孟光的父母比今天的父母更为着急，询问孟光不嫁的原因。孟光说出隐藏多年的秘密："要嫁就嫁像梁鸿这样有品德的人。"这时候的梁鸿也未找到志同道合的人，也是单身。当梁鸿听到孟光的话之后，感觉到"执子之手，与子偕老"（《诗经·邶风·击鼓》）的意中人出现了。于是，寻媒妁，下聘礼，迎新娘，一切结婚的程序都按部就班地进行。然而，婚礼却出现了差错。差错就出现在新娘的装饰上，导致婚礼七天都未办成。这是为什么呢？按常理，孟光在婚礼上涂脂抹粉、盛装出现再正常不过了，毕竟是人生大事，却被梁鸿视为俗不可耐。孟光就向梁鸿询问原因，梁鸿说："我要找的是一个穿粗布衣服的人，与我一同归隐。你这样衣着华丽、浓妆艳抹，并不是我所期望的。"孟光终于明白，自己的德行与夫君的要求还有一段距离。于是，卸了浓妆，改为素颜；脱下盛装，换上布衣；发髻在后，改为在前。经过这样一番返璞归真之后，梁鸿大喜："这才是我梁鸿的妻子啊。"

梁鸿除在着装上对新婚妻子提出苛刻的要求，还改了妻子和自己的名与字。我们熟知的孟光这个名，就是梁鸿给取的，并称其字为德曜。梁鸿将自己的名、字也改了，改名为运期，改字为俟光。从这些更改的名与字，我们大致可以看出梁鸿的隐逸思想，如孟光的名与字合起来，即有将高尚的德行发扬光大之意，而梁鸿的名与字，则表达了他期待着未来，并一直等待着高尚的德行发扬光大的那一天。据考证，史书只记载了梁鸿给孟光取名定字，并无梁鸿给自己更名改字，这或许是小说家附会为之。古人的名与字是何由来，又有什么关系呢？一般说来，古人的名与字，都是父母在其未出世之前或出世后不久所取，也有后来更改者。其中，名供父母或长辈称呼，字供平辈或晚辈称呼。名与字的关系一般有同义互训、反义相对、相关联想、原名变化等几种。如鸿与伯鸾、运期与俟光、光与德曜，即为同义互训。

在一切准备就绪的情况下，梁、孟二人开始了他们的隐居生活。隐居地点选在霸陵，霸陵在今天陕西西安东北。这时候恰好是王莽政权倒台后不久，大约是在公元23年。梁鸿夫妇在隐居期间，过着世外桃源的生活，日出而作，日落而息，自己动手，丰衣足食。同时，他们还吟诗作赋，调弄琴弦。真是神仙一般的自在生活。

后来，不知什么原因，他们结束了自己的隐居生活，从霸陵迁往吴越之地的会稽（今浙江绍兴）。梁鸿夫妇到会稽后，为人打工，工种是舂米。舂米就是将稻子去壳，壳就成了糠，剩下的米粒就是我们吃的大米。在古代农耕文明中，舂米是日常生活中最为重要的工作之一。看来，梁鸿选择职业颇为讲究，都与人们的日常生活息息相关，先前是养猪，现在是舂米。

舂米图（敦煌榆林窟壁画）

当时梁鸿夫妇身无分文，只能免费寄居在东家皋伯通家。俗话说："人在屋檐下，不得不低头。"又说："贫贱夫妻百事哀。"但是，梁鸿夫妇并没有出现这些情况。相反，他们生活得有滋有味、恩爱有加。这种和谐的夫妻生活赢得了东家的尊重与赞赏。那么，为什么一个打工的会受到老板的垂青呢？原来孟光每次与梁鸿吃饭的时候，都会把放有菜饭的盘子高高举起，以示自己对夫君的尊重。这可不是一时的浪漫之举，而是长年如一日般地坚持。做一件普通的事并不难，难的是一辈子都去做一件普通的事。孟光正是做到了这一点，这让她进入《列女传》，让她成为古代妻子的典范，成为古代女性的模样。

举案齐眉成就了梁鸿与孟光，也成了模范夫妻的标准。那么，今天的人们该如何去重新认识这对传颂千古的夫妻楷模呢？首先，我们必须承认，梁鸿的"穷则独善其身，达则兼济天下"的处世思想，以及孟光的"以夫为纲"的思想，都是符合儒家传统的，所以得到史家与小说家不厌其烦的传播。其次，相互尊重是夫妻关系存续的重要基础。今天的人们大可不必去学孟光那样举案齐眉，但要学会像孟光那样尊重对方。互相尊重既是人际关系、社会关系的基础，也是家庭关系的基础。最后，爱情是婚姻生活的核心。有人认为梁、孟二人仅有婚姻而无爱情。其实不然，爱情是具体的而不是抽象的。比如梁、孟二人在结合之前的相互倾慕，明显是爱情的表现；在隐居时期，"耕耘织作，以供衣食；诵书弹琴，忘富贵之乐"，这是夫妻之间其乐融融的爱情表现；举案齐眉虽然包含更多的礼制因素，其实又何尝不是孟光对梁鸿爱之深切的表现呢？小说家与史家的记述，是有选择性的，更多选择那些符合礼制范畴的细节。但是，这些礼的细节背后仍然藏着爱情的内涵。

（二）相思树的来历

相思树与鸳鸯鸟是由感情至深的韩凭夫妇的精魂所化，二人的故事较早较为完整的记述是在东晋人干宝的《搜神记》中。干宝（283—351），字令升，新蔡（今河南新蔡县）人。精通史学与易学，曾任佐著作郎、司徒右长史、散骑常侍等职。所著《搜神记》是魏晋志怪小说的代表作，对后代小说，特别是对唐传奇、清人蒲松龄《聊斋志异》等传奇志怪类小说产生了重要影响。《搜神记》卷十一记述了韩凭夫妇的故事：

《搜神记》（《文渊阁四库全书》本）

宋康王舍人韩凭，娶妻何氏，美。康王夺之。凭怨，王囚之，论为城旦。妻密遗凭书，缪其辞曰："其雨淫淫，河大水深，日出当心。"既而，王得其书，以示左右，左右莫解其意。

臣苏贺对曰："其雨淫淫，言愁且思也；河大水深，不得往来也；日出当心，心有死志也。"俄而凭乃自杀。其妻乃阴腐其衣。王与之登台，妻遂自投台；左右揽之衣，不中手而死。遗书于带曰："王利其生，妾利其死，愿以尸骨，赐凭合葬！"王怒，弗听，使里人埋之，冢相望也。王曰："尔夫妇相爱不已，若能使冢合，则吾弗阻也。"宿昔之间，便有大梓木生于二冢之端，旬日而大盈抱。屈体相就，根交于下，枝错于上。又有鸳鸯，雌雄各一，恒栖树上，晨夕不去，交颈悲鸣，音声感人。宋人哀之，遂号其木曰相思树。相思之名，起于此也。南人谓此禽即韩凭夫妇之精魂。今睢阳有韩凭城。其歌谣至今犹存。

宋康王，名偃，是战国时期宋国的最后一位国君，在位43年。据《史记·宋微子世家》记载，其在位期间，"东败齐，取五城；南败楚，取地三百里；西败魏军，乃与齐、魏为敌国"，不可不谓"劲宋"，但其却"淫于酒、妇人。群臣谏者辄射之"，又被诸侯称为"桀宋"。所谓"桀宋"，即指宋康王犹如夏桀一般暴虐。最后，在齐、楚、魏三国联军的进攻下，宋康王兵败被杀，宋国亦被三国瓜分。但是，作为亡国之君的宋康王在史书上并无强占民女的不良记录，《搜神记》将其描写成导致韩凭夫妻离散、殉情的元凶，实在是比窦娥还冤。然而，从传播学的角度来看，作为民间传说的韩凭夫妇故事走的是群众路线，而史书记载走的是精英路线，其传播效果不言而喻。故此，宋康王犹如曹操一样，因为一部（篇）小说定格了他们在文学史上的形象，一个是强占民女，一个是一代奸雄。

韩凭故事在不同文献中，有不同的名字，如韩凭、韩冯、韩朋。《搜神记》早已散佚，现今通行本为明代胡震亨辑刻而成。而在明代以前，韩凭夫妇的故事都是散落在一些文献当中，包括《艺文类聚》《法苑珠林》《独异志》《岭表录异》《太平御览》《太平寰宇记》《九国志》等。"韩冯"是较早使用的名字，这可能与史有其人有关。据《史记·田敬仲完世家》记载，韩冯是战国时期一位与张仪一样靠三寸不烂之舌吃饭的辩士。小说使用韩冯之名，或许是冒用历史人物，这是小说惯用的"伎俩"，与真实的韩冯无半点关系。"韩朋"应该是借用名。"朋"字有成双成对的意思，与故事内容较为匹配。韩凭应该是正式名，在明代胡震亨一锤定音之前也出现过，但之后，韩凭之名再也没有更改过了，成了其正式用名。其实，"冯""朋""凭"三字除音相近外，"冯""凭"的繁体字形也很相近，在古代也通用。所以，黄征、张涌泉在《敦煌变文校注》卷二《韩朋赋》校注时得出这样的结论："'冯（凭）'当为其本名，'朋'盖借音字。"我们在后文中一律称这个故事的男主角为"韩凭"。

在解决名字问题之后，我们言归正传。韩凭的噩梦是从做宋康王的舍人开始的。舍人是何官职？《周礼》这样解释："舍人，掌平宫中之政，分其财守，以法掌其出入。"依据注疏，舍人就是当时掌管宫中分派大米的官员。通俗地说，韩凭就是宋国宫中的粮站站长，这样的小官如果没有娶一位貌美如仙的妻子，如果不是给宋康王当差，他或许就平平常常、默默无闻地过活一生。但是，自己的妻子却被上司占有了。夺妻之恨，是可忍，孰不可忍！但地球人都知道，舍人与国君的对抗，犹如鸡蛋对抗石头，不是一个重量级别的。韩凭没有被处死，而是被处以城旦的刑罚，已算是不幸中的万幸，抑或是韩凭的妻子从中起了作用，亦未可知。所谓"城旦"，就是白天巡城、晚上筑城。这种刑罚让你的身体得不到片刻的休息，从而对你的精神产生摧毁作用。这或许是这种刑罚发明的用意所在。韩凭在服刑期间，收到妻子的加密信件，只有十二个字："其雨淫淫，河大水深，日出当心。"这十二个字作何解释，宋康王的智商似乎不够用，倒是大臣苏贺很快破译了密码：韩凭妻身在宫中，心在宫外，他们相约在日出之时殉情呢。悲苦的韩凭为了爱情，结束了自己的生命。可叹！可敬！叹的是像他这样的一个小人物追求属于自己的幸福是多么的艰难，敬的是他将自己的生命奉献给了爱情。

韩凭的生命结束了，但故事并没有结束，下面是故事的女主角——韩凭妻何氏上场了。首先，我们还是先对韩凭妻的姓氏问题做个交代。从目前的文献来看，韩凭妻的姓氏主要有四个，即无名氏、何氏、息氏、成公氏。据大学者容肇祖考证，无名氏可能是最初版本，息氏是依据《列女传》的修订版。何氏可能是国人惯用某氏称人之妻的结果，或者是好事者在旁作注"何氏"（即何方人氏）的结果。成公氏则来源于敦煌变文《韩朋赋》。不仅如此，此变文还赋予韩凭妻以"贞夫"之名。这样，韩凭妻就成了有名有姓的人了。这也是所有韩凭夫妇故事中绝无仅有的。不过，后世并未流行。自通行本问世后，何氏即成为韩凭妻的唯一姓氏。

何氏长得貌美，至于如何美，小说并没有描写，但能被宋康王瞄上，绝非等闲之美。不仅如此，她还很有才气，十二字的密信绝对是高大上之作，非今天的一般文青可比。更为重要的是她对爱情的忠贞不二。在韩凭先走一步的情况下，她开始周密谋划殉情之事。她是如何周密谋划的呢？她制订了“三步走”的计划。第一步是偷偷腐蚀自己的衣服。有人不禁要问：这是干吗呢？下文将有分解，在此暂且不表。其实，令人好奇的并不是她为什么要腐蚀衣服，而是她使用了什么化学试剂来腐蚀衣服，而且腐蚀得不留痕迹。要知道，战国时期还是化学不发达、化学试剂远不如今天这样泛滥的时代。这或许是这篇小说最大的一个谜，但愿有高人指点迷津。第二步是撰写遗书。遗书仅有十六个字：“王利其生，妾利其死，愿以尸骨，赐凭合葬！”大致意思是：大王你好好地活着是你最大的幸福，而我最大的幸福是去九泉之下追寻我的亡夫，但愿大王大发慈悲，既然生前不能长相厮守，就让我们死后完成这一夙愿吧。遗书与密信相比，显然通俗得多，这或许在很大程度上是照顾到宋康王的智商，毕竟遗书是写给他的。同时，这封遗书动之以情、晓之以理，就不知道宋康王意下如何了。第三步是寻找机会。万事俱备，只欠东风。何氏的东风是什么呢？她的东风就是与宋康王一起登高台。这或许是她苦苦等待的一个绝佳机会。毕竟像她现在这样身份的人，并没有更多的自杀方式可供选择。我们可以想象登台那天早上，何氏经过一番精心打扮，穿上正在腐蚀的华丽服装，怀揣那份饱含深情又通俗明了的遗书，在大臣与宫女的前呼后拥之中，与宋康王一起登上高台。在应付完需要自己应付的活动之后，何氏瞅准时机，毅然纵身跃下高台，左右侍卫虽本能地拽扯，但衣服已经腐蚀，哪里能拽得住。一个年轻美丽而又鲜活的生命就这样结束了。

韩、何相继殒命，而戕害他们生命的真正屠刀是被宋康王这个国君高高举起的。宋康王在看到何氏的遗书后，勃然大怒，心想：既然你做不成我的女人，你也休想在死后与亡夫长相厮守。于是，命令手下将二人分开埋葬，墓冢相望，并发下誓言：如果你们二人真心相爱的话，那你们就自行合墓吧，我绝对不再横加干涉！这样的誓言，如同乌白头、马生角、羝出乳一样，是绝对不可能发生的事情。然而，"精诚所至，金石为开"，奇迹还是出现了。过了一个晚上，他们各自的墓冢上长出了一棵梓树，第十天的时候它们相互倾就，枝叶交错。更为神奇的是，在这两棵速成的梓树上还有一对鸳鸯，日夜啼鸣，声音悲切。这样的结局，似曾相识，与另一个同样凄美的爱情故事《孔雀东南飞》的结局有相似的地方。不过，韩凭夫妇的故事最富有创意的地方是赋予那两棵梓树一个诗意的名字——相思树。这是文学史上具有开创意义的命名，大凡后代文学当中涉及相思树的典故，都会追溯到这儿。相较之下，《孔雀东南飞》中的焦仲卿、刘兰芝要比韩凭夫妇幸运一些，他们虽不能白头偕老，但死后却得合葬。韩凭夫妇死后仍需情寄相思，鸳鸯对啼，这是何等凄惨！

韩凭夫妇的故事讲完了，但留给大家很多思考。至少有三问。一问：平民该如何追求自己的幸福生活？二问：弱势对抗强势是否非要鱼死网破、你死我活？三问：生命与爱情在不能兼得的情况下，该如何取舍？对这三问的回答可能仁者见仁，智者见智。我们在这里不提供标准答案，答案还是交给大家去追寻吧。

最后，我们要讲两个问题，一个是青陵台，一个是《乌鹊歌》。它们是由韩凭夫妇故事衍生出来的两个重要内容，一个是爱情的意象，一个是爱情的赞歌。

青陵台的出现很有意思，它首次出现并不是在韩凭夫妇的故事中，而是在地理志《郡国志》中。据《太平御览》卷一百七十八，这个青陵台是在郓州须昌县（今山东东平）的犀丘城，而且赫然写着"宋王令韩凭筑者"。《太平寰宇记》卷十四也是称引《郡国志》，但它却将青陵台放到济州郓城（今山东郓城）去了，并称"至今台迹依然"。其实，这些所谓的青陵台，我们只要稍作考证，即可证明《郡国志》的杜撰。为了证明，我们得先引入较早出现青陵台的韩凭夫妇故事版本，一是敦煌变文《韩朋赋》，一是《独异志》称引的《搜神记》。前者将青陵台描写成韩凭夫妇最后诀别的地点，后者则将青陵台描写为何氏投台自杀的地点。我们且不管它们与韩凭夫妇有何种关系，有一点是肯定的，那就是青陵台一定是在宋国的都城睢阳，也就是今天的河南商丘。利用百度地图进行测距可知，商丘至东平的直线距离为148公里，至郓城的直线距离为133公里。我们可以想象，当时身为大王妃（有的称后）的何氏不可能跑到一百多公里外与韩凭相见，或投台自杀。另外的旁证就是，《东平县志》《山东通志》等史料均未出现青陵台的记载。所以，我们可以毫无悬念地下这样的结论：上述关于青陵台的记载完全是杜撰的。然而，这些杜撰却激发了文学的想象。青陵台自从在韩凭夫妇的故事中出现以后，就成了一个凝固的意象，不仅凝固了韩、何二人的坚贞爱情，还凝固了许许多多痴情男女的坚贞爱情，从而成为诗人们反复咏叹的主题。且看几首唐诗的歌咏：

古时得意不相负，
只今惟见青陵台。
——李白《白头吟》，《全唐诗》卷二〇

青陵台畔日光斜，
万古贞魂倚暮霞。
莫讶韩凭为蛱蝶，
等闲飞上别枝花。
——李商隐《青陵台》，《全唐诗》卷五三九

雁池衰草露沾衣，
河水东流万事微。
寂寞青陵台上月，
秋风满树鹊南飞。
——储嗣宗《宋州月夜感怀》，《全唐诗》卷五九四

《乌鹊歌》与青陵台一样，在《搜神记》原文中并没有出现，

原文末尾只有"其歌谣至今犹存"云云。这里的"歌谣",后人附会为《乌鹊歌》。《乌鹊歌》有八句和四句之分。八句是:"南山有乌,北山张罗,乌自高飞,罗当奈何。燕雀群(亦作双)飞,不乐凤凰,妾是庶人,不乐宋王。"四句就是八句后面的四句。我们在此讨论的主要是八句《乌鹊歌》。据梁晓萍博士考证,《乌鹊歌》的八句起源于《韩朋赋》,只不过前四句和后四句是分开的,语言表述也稍有差异,而《乌鹊歌》之名却首次出现在宋人路振的《九国志》当中。这与青陵台首次亮相于地理志当中有惊人的相似之处。正是这些地理志让原本虚拟的人和事得以真实地存在,这或许就是国人"崇奉史录"情结的结果。在《九国志》之后,收录《乌鹊歌》的还有元代的《彤管集》,明代的《古诗纪》《彤管新编》《名媛诗归》,清代的《古诗源》等。由此可见,《乌鹊歌》已堂而皇之地登上了诗歌的殿堂。

在考证了一番《乌鹊歌》的源流之后,我们再来分析一下这八句诗。这八句诗明显是韩凭夫妇之间的对话,而且背景是在韩凭妻被宋康王强占之后。前四句是说:我韩凭就是一只小小的乌鹊,身小却自由,然而被宋康王这张大网所网罗,要想摆脱这张大网的束缚,只有高高地飞起了,飞向那个没有大网的天堂。后四句对曰:你是乌鹊,我也是啊。乌鹊是成双成对地飞翔,你要高飞怎么能不与我一起呢?小乌鹊是不会对凤凰产生艳羡之意的,正如我不会对宋康王有丝毫感情。既然你已做出高飞的决定,那就让我们一起高飞吧。诗句通俗质朴,感情真挚,既是韩凭夫妇内心情感的真实流露，又是民歌民谣的创作范式，与汉乐府民歌有异曲同工之妙。《古诗源》称之为"妙在直质"，甚是恰切。

综观韩凭夫妇的故事，我们可以发现韩凭夫妇对爱情追求的质朴与大胆。他们的质朴有点接近单纯，比如韩凭妻密信相约自杀，韩凭真的践约自杀了，而其妻也在精心做着自杀前的准备。再比如韩凭妻遗书中居然向宋康王求情，这无异于与虎谋皮，既是无奈，也过于单纯。同时，他们又是大胆的，不但密约相殉，而且以毁灭生命的方式，对抗强大的宋国国君。究其原因，他们的大胆来源于他们的质朴，而他们的质朴，又来源于普通平民对爱情的执着追求。

（三）一场大火引起的私奔

一说起古代私奔故事，大家第一个想到的可能就是"文君夜走，私奔相如"。其实，早在《诗经》中就有"岂不尔思，畏子不奔"（《诗经·王风·大车》）的诗句。可见，男女私奔在文学描写中源远流长。接下来将要讲述的故事来源于宋话本的《碾玉观音》，是南宋初期一对平民夫妻私奔的爱情故事，质朴而凄美。

这个故事的男主角是碾玉巧匠崔宁，女主角是刺绣能手璩秀秀。他们的一技之长，给他们带来了生计，也带来了爱情。他们的爱情故事是从咸安郡王府里开始，又在咸安郡王府里结束。咸安郡王充当了"成也萧何、败也萧何"的角色。咸安郡王为何许人也？就是大名鼎鼎的抗金英雄韩世忠。据《宋史》记载，宋高宗绍兴十三年（1143）韩世忠被封为咸安郡王，绍兴十七年（1147）"改镇南、武安、宁国节度使"，而且他又是延安府人。这与小说开篇交代的"绍兴年间，行在有个关西延州延安府人，本身是三镇节度使、咸安郡王"完全吻合。但经考证，小说中的咸安郡王与历史上的韩世忠并无联系，仅借其名而已。或者是韩世忠的政敌为贬损之，而故意将此悲切爱情归咎于他，亦未可知。我们在此暂不做深究，言归正传。崔、璩私奔的爱情故事，主要分为三个阶段：入府前后阶段，现实私奔阶段，鬼魂私奔阶段。

　　首先是入府前后阶段。这个阶段是现实私奔的准备阶段。璩秀秀进王府，是偶然与必然的结合。说其偶然，是指她被父亲叫出来看风景，而这道亮丽的风景就是咸安郡王携家眷游春回来的豪华阵容。殊不知，璩秀秀在看风景时，自己也成为别人的风景。坐在八抬大轿里的咸安郡王，看到了璩秀秀娇美的面容，看到了她精美的腰巾，便揣测她可能是个刺绣的能手。眼光真的很毒很准！这也是璩秀秀走进郡王府的必然性。郡王派了一个虞候去璩家，具体商谈进府事宜。虞候在宋代是个武官，而且有不同的级别，其中都虞候级别最高，其次还有将虞候、院虞候，以及官僚的侍从等。这里的虞候是指咸安郡王的侍从。这位虞候的素质很好，他与秀秀父亲商谈时，没有强势对弱势的那种优越感，而是用商量的口气问："你家姑娘是愿意嫁人呢，还是愿意到王府里去打工?"秀秀父亲答应将秀秀送去王府，并且还草签了一份卖身契。大致有这样几条款项：①秀秀身价。这个钱归秀秀父亲，与秀秀没有关系。②包吃包住。吃在王府，住在王府。③有一定的服务期限。在此期间，不得结婚等。④违约惩罚。比如服务期未满而擅自离开，视情节轻重酌情处理。⑤进府身份。秀秀入府后身份是养娘，所谓养娘就是婢女。

在秀秀进王府后不久，崔宁崔待诏因给郡王雕刻了一座玉观音而名声大噪。何谓"待诏"? 待诏，亦称大夫，是宋代对手艺人、生意人的一种称呼，相当于我们今天的"师傅"。比如璩秀秀的父亲是做装裱生意的手艺人，被人称为璩待诏、璩大夫。崔待诏被郡王临时招聘来，是有原因的。当时，郡王收到一件御赐的战袍，为了谢主隆恩，需要一件等价或超价的礼物回馈，于是，找到了一块上尖下圆的羊脂美玉。但雕刻什么，如何雕刻? 这是摆在郡王面前的难题。有的玉匠说雕成喝酒的杯子，郡王认为有点大材小用。有的玉匠说雕成摩侯罗儿，郡王认为时节不对，这种西域传来的儿童玩偶一般是七夕时节赠送的礼物。崔待诏说可以雕成南海观音，郡王表示正合其意。于是，在众多碾玉工匠中，崔待诏以独特的创意脱颖而出。在接下来的两个月内，崔待诏夜以继日、废寝忘食，出色地完成了这项雕刻任务，最后还不忘署上"崔宁造"字样。我们总结这一阶段的崔宁，大致有这样几个特点：一是手艺过硬，刻苦耐劳；二是具有创新意识；

三是善于揣摩领导意图；四是具有版权意识。这四个方面铸就了一件成功的作品，铸就了他在王府的知名度，铸就了他在玉器界的江湖地位，更是铸就了他的爱情。

一切准备工作就绪后，故事开始进入私奔阶段。私奔缘起于王府里的一场大火。这场大火导致王府上下一片混乱，等崔待诏从外赶回王府时，王府几乎空无一人了。可见在灾难面前，人的本能在很大程度上支配着人们的行为。这时候，"三寸金莲"的璩养娘好不容易死里逃生，跑了出来，与崔待诏撞了个正着。这一撞就撞出了他们的爱情，撞出了他们的私奔。在他们相识相爱的过程中，璩养娘步步主动出招，而崔待诏只能频频被动接招。璩养娘的第一招是要休息，崔待诏说上我家去吧。第二招是要弄点儿吃的，最好还要点儿酒，崔待诏照办。第三招是发生性关系，崔待诏也乐从了。这一套组合拳打下来，崔待诏可能有点儿晕，结果是生米已煮成熟饭了。从中我们可以看出璩养娘的泼辣与大胆，崔待诏的憨厚与质朴。但崔待诏在大是大非的问题上，头脑清醒。他知道他与璩养娘这种私定终身的后果是很严重的，特别是璩养娘还有一纸卖身契。那么，怎么办呢？只有趁王府还在混乱当中，神不知鬼不觉地逃亡了。于是，他们开始走上私奔的道路。

从临安到衢州（浙江衢州），又到信州（今江西上饶），最后奔到潭州（今湖南长沙），基本上与今天的沪昆线重合。一路上风餐露宿，煞是辛苦，然而，辛苦并快乐着。在一切安顿下来之后，夫妻二人开始忙碌自己的营生。崔待诏继续做自己的碾玉生意，而璩养娘则做起了家庭主妇。崔待诏为扩大生产，还租了一个门面，写上"行在崔待诏碾玉生活"。从这个招牌看，崔待诏蛮有经济头脑，他知道如何在招牌上用一些关键词眼吸引客户、招揽生意。"行在"二字，即是关键词，它告诉人们他这个碾玉匠是来自临安的。这在当时是很有吸引力的，就如同现在一些商品使用明星做广告一样，具有相当不错的效果。

　　本来这对夫妻可以在这个远离临安的地方，幸福平安地过完一辈子的，但命运却没有这样安排他们，他们遇到了克星，那就是郭立郭排军。所谓"排军"原意是指一手拿矛一手拿盾的人，后来泛指军校，级别应该比虞候要高。郭排军奉郡王之命到潭州出差，恰巧看到了崔待诏，一路尾随至崔待诏的家。于是，崔、璩二人私奔的事被郭排军知道了。崔宁夫妇的殷勤招待，并没有让这个郡王心腹守口如瓶，结果是崔、璩二人被捉拿，并押回临安郡王府。璩养娘被鞭打至死，崔待诏被发配至老家建康府。这是

谁家稚子鸣榔饭，
惊起鸳鸯两处飞
（明金陵兼善堂本）

咸安郡王与郭排军共同造孽的结果。璩养娘虽然躯体死了，但她的灵魂并没有放弃对爱情的追求，于是又开始了一段更为离奇的人鬼之恋。

咸安郡王捺不下烈火性，

郭排军禁不住闲磕牙

（明金陵兼善堂本）

鬼魂私奔阶段，是现实私奔的延续。当然，这段故事有一个前提：崔待诏并不知道自己的妻子死了。所以，当璩养娘的鬼魂来与崔待诏一起去建康府的时候，他欣然答应了。到达建康（今江苏南京）之后，璩养娘还让崔待诏派人去请她父母过来同住，以尽孝心。头天派人去请璩养娘父母，第二天她的父母就到了，派出去的人还没有回来。其实，这里有两个疑点，崔待诏并没有仔细地去考证。一是璩养娘怎么这么快就从王府里出来了？二是璩养娘的父母不请自到令人不解。或许是崔待诏对璩养娘感情深厚，并未做进一步的深究。本来，在没有外界打扰的情况下，崔宁或许就与妻子的魂灵过活一辈子了。但命运似乎总是爱捉弄这对苦难的夫妻，即便在妻子变成鬼的情况下，仍然没有被放过。过程是这样的：发配到建康的崔待诏，又被皇帝宣召到临安，原因是他雕刻的那座南海观音坏了，需要修补。于是，崔待诏的命运再次发生改变。在皇帝的宣召下，崔待诏堂而皇之地回到了临安，而且继续经营着自己的碾玉店铺。当然，这时候璩养娘的魂灵以及她父母的魂灵也都跟随崔待诏回到了临安。崔待诏到达临安后的第一件事就是完成皇帝交给的任务，然后，继续做自己的事情，过自己的幸福生活。然而，幸福的生活总是那么短暂。崔待诏在临安的店面才营业两三天，那位郭排军又出现了。当他看到璩养娘在崔待诏家里的时候，首先就下意识地叫道："有鬼！有鬼！"然后回郡王府向咸安郡王通报了此事，咸安郡王当然不信，于是，郭排军立下军令状到崔宁家捉拿崔宁夫妇。郭排军与女鬼打交道，其结果不用大家多想，肯定是吃不了兜着走。女鬼没有擒到，自己却吃了五十花棒。崔待诏被带到郡王府后，终于明白妻子是鬼魂所化。回家问岳父岳母，他们也相对无言，后来跳河，却并不见尸首，原来他们也是鬼魂所化。回到卧室，看到璩养娘坐在床上，崔待诏吓得不行，连忙告饶。此时，璩养娘将所有的真相告诉了崔待诏："我是因为你才被郡王打死的，并埋在后花园，那个多嘴的郭排军，我今天也报了仇，现在你也知道我是鬼身了，我们无法再继续过下去了。"说完，双手抓住崔宁，大叫一声，崔宁也随他们一起去做鬼了。

综观崔、璩私奔的爱情故事，我们可以大致得出以下几个方面的结论：

（1）悲切的爱情结局是多方面原因造成的。一是私奔行为触动了传统的道德底线；二是私奔的核心人物璩秀秀与郡王府之间有契约关系；三是弱势与强势的对抗永远都是不平等的。

（2）璩秀秀是个敢于追求灵与肉结合的大胆女性。这种大胆主要体现在私定终身、私奔潭州、魂魄追随三个方面。私定终身是既要有勇气又要冒风险的行为。璩秀秀敢于这样做，至少说明她对崔宁的绝对信任，以及对后果的充分估量。私奔潭州虽是崔宁提出，但她能从之，说明她准备面对违约带来的严重后果，哪怕是以生命为代价。魂魄追随也是"瞒得了一时，瞒不了一世"的冒险行为。她敢于这样冒险，说明她对爱情的强烈渴望与不舍。所以，璩秀秀这位敢于冒险的女性，虽然付出了生命的代价，但她永远觉得自己是幸福与快乐的。

（3）崔宁是一个技艺精湛、头脑清醒、性格懦弱的匠人。崔宁在碾玉技艺方面达到出神入化的境界，并得到了最高统治者的肯定，这是他立足于社会的根本保障。头脑清醒是指他能在关键时候有自己的主张与见解，比如他想出雕刻南海观音的创意，又如他与璩秀秀私定终身之后，马上提出私奔的大胆想法。然而，崔宁在爱情方面又是懦弱的。比如在与璩秀秀私定终身的过程中，他完全处在被动状态；又如他被咸安郡王捉拿归府后，多将私奔的责任归咎于璩秀秀；再如当他得知璩秀秀是鬼时，吓得大喊饶命。崔宁的个性完全符合一个普通平民的形象。

另外，小说中的咸安郡王是一位战功卓著、性格暴躁的将军，他这种暴躁的个性断送了崔、璩二人的幸福。而郭排军则是典型的挑拨离间、邀功争宠又有勇无谋的一介武夫，正是有这样的小人存在，崔、璩的爱情悲剧才不可避免。

在总结完崔、璩的爱情故事之后，我们简要梳理一下古代小说中的私奔故事。

在古代小说中较早出现私奔故事的是魏晋南北朝时期的两篇志怪小说，即三国时期曹丕的《列异传·谈生》和南朝宋刘义庆的《幽明录·庞阿》，讲述的都是女鬼主动私奔的故事，前者私奔书生谈生，后者私奔帅哥庞阿。这两个故事直接催生了唐传奇《离魂记》。陈玄佑《离魂记》说的是张倩娘为了爱情，灵魂脱离肉体去追随远赴长安的意中人王宙，后来灵魂与肉体又重新结合。这一离奇的私奔故事后来被元曲四大家之一的郑光祖①改编为《倩女离魂》。在唐代，除《离魂记》外，影响较大的涉及私奔的故事还有杜光庭《虬髯客传》中的红拂女私奔李靖。这一私奔故事在明清戏曲中被反复搬演，知名度很高。另外，唐传奇里的私奔故事还有裴铏《传奇·昆仑奴》中的红绡与崔生的私奔、李朝威《华州参军传》中的崔氏魂魄私奔柳参军等。在宋元话本小说中，最为有名的即是本节所述的崔、璩私奔的故事——《碾玉观音》。除此之外，还有《风月瑞仙亭》中的文君私奔相如，《严武盗妾》中的严武少时拐骗邻家少女私奔。其中，前者是流

---

① 元曲四大家，一说是指关汉卿、白朴、马致远、郑光祖，一说是指关汉卿、白朴、马致远、王实甫。

传甚广的才子佳人私奔故事，后者则是新出现的拐骗私奔类型。明清小说中的私奔故事较为繁多，大致可以分三类：一是改编、收录前代的小说作品，如冯梦龙《情史》中的《卓文君》《红拂妓》《张倩娘》《长安崔女》《谈生》《严武》等；二是受前代小说中私奔故事的启发，如"二拍"中的《大姐魂游完夙愿　小姨病起续前缘》，《聊斋志异》中的《聂小倩》，都明显受《离魂记》的影响；三是本时期的创作，如《情史》中的《唐寅》、"二拍"中的《两错认莫大姐私奔　再成交杨二郎正本》等，其中前者讲的是唐寅与桂华的私奔，后者讲的是莫大姐被骗与郁盛私奔。

　　我们可以将古代小说中的私奔故事分为三类：①鬼魂私奔类，即私奔一方为鬼魂，多为女性。②现实私奔类，即现实生活中具有真情实感的男女私奔。③拐骗私奔类，即女性因被男性拐骗而私奔，男女之间缺乏必要的感情基础。魏晋南北朝时期的私奔故事多为鬼魂私奔类，唐传奇则兼有鬼魂私奔与现实私奔，从宋元话本小说开始，除出现上述两类私奔外，还出现了拐骗私奔这种新类型。另外，私奔故事还有这样一些共性：①私奔时间多为晚上。这或许是为了掩人耳目，避免不必要的麻烦。②私奔方向多为女奔男。这或许是现实的反映，也或许是小说作家的遐想。③私奔结局多为大团圆。

　　崔、璩私奔故事与其他小说中的私奔故事有两点重要不同：①它兼有两类私奔，即现实私奔与鬼魂私奔。这在古代小说的私

奔故事中是比较罕见的。②它的私奔结局是悲剧。私奔故事结局
为悲剧的，多为拐骗私奔类，而其他两类私奔结局极少有悲剧
的。正是以上两方面的重要特点，成就了崔、璩私奔故事在小说
史上的经典地位。

（四）卖油郎的逆袭

"逆袭"是一个网络词语，意思是指在逆境中反击成功，多
指本应失败的行为，最终却获得了成功的结果。现在与大家一起
分享的是一个爱情逆袭的故事，说的是卖油郎攀上了花魁娘。此
故事载于冯梦龙《醒世恒言》第三卷。

故事发生在北宋末年，当时金主挥兵南下，东京沦陷，徽、
钦二帝北狩，沦陷地区的百姓纷纷南下，其中就包括故事的男女
主人公——卖油郎秦重和花魁娘子莘瑶琴。莘瑶琴家住汴梁城外
的安乐村，父亲莘善是个开粮店的生意人。莘瑶琴在家是独女，
自幼生得清秀，又聪明伶俐，七岁能日诵千言，十岁能吟诗作
赋，十二岁时琴、棋、书、画无所不通。这些文化素质的训练，
都是做父母的良苦用心所在。原本希望莘瑶琴将来有个好归宿，
然而国运的变迁彻底粉碎了莘家的希望，也彻底粉碎了莘瑶琴的
未来，正所谓国破家亦亡。

当金兵掳走徽、钦二帝后，城里城外的百姓，纷纷加入了逃
难的大军，莘家与秦家也在其中。我们可以想象那时逃难的场

景：一个个失魂落魄，扶老携幼；一个个风餐露宿，面如菜色；一个个大包小包，相依为命。俗话说："宁为太平犬，莫作乱离人！"真是一语中的。这些难民在逃难的过程中，遇到最大的危险并不是金兵的追杀，而是"自己人"的趁火打劫。比如莘瑶琴与父母走散，是因为官兵的劫掠；又如莘瑶琴后来落入风尘，是因为邻居大叔卜乔的诓骗。官兵不去抗敌，却去劫掠本国的百姓，这在历史上已不是绝无仅有的。至于邻居大叔欺骗邻家小女孩，似乎也不是什么新闻。究其原因，国无法纪的动乱年代，会榨出人们衣袍下藏着的各种"小"来。

莘瑶琴被邻居大叔以五十两银子的价格卖给了临安（今浙江杭州）的一家妓院。五十两银子是什么样的概念呢？据《宋史》的《食货志》《职官志》等记载，南宋初期一两银子大约相当于今天的五六百元，五十两银子相当于两三万元。根据"贱买贵卖"的原则，当时老鸨王九妈算是花大价钱购买了莘瑶琴。除此大笔投入外，王九妈还请人教授莘瑶琴吹拉弹唱及各种舞蹈，再加上莘瑶琴之前的诗词歌赋、琴棋书画的素养，王九妈完全是想将莘瑶琴培养成一代名妓。当然，作为老鸨的王九妈非常清楚自己的投入与产出。果不其然，在不到一年的时间内，莘瑶琴在临安就声名鹊起，那些非富即贵的公子争相与之结交。这是老鸨最愿意看到的结果。

然而，有一道难题摆在王九妈的面前，那就是莘瑶琴在业界虽有花魁娘子的美誉，但在酒醉的状态下被金二员外破了身子后，莘瑶琴却再也不肯出卖自己了。怎么办呢？这时候，王九妈想到了刘四妈，这主要出于以下考虑：一是刘四妈是同道中的结义姊妹，互相帮忙也是情理之中。二是刘四妈平时与莘瑶琴交流较多，感情较深，在一定程度上可称之为无话不说的闺蜜。三是刘四妈能说会道，是做思想工作的一把好手，自称是女随何、雌陆贾。随何、陆贾何许人也？随何是汉高祖刘邦时的说客，曾因说服九江王英布降汉而名声大噪；而陆贾也是汉初一位能言善辩者，曾说服南越王赵佗臣服汉朝，又说服陈平与周勃共同诛杀吕后。刘四妈敢将自己与随何、陆贾相提并论，并非完全是吹嘘。我们且看她步步为营的说辩才能。首先，她善于捕捉妓女的从良心理。我们知道，莘瑶琴是良家出身，落入风尘是被欺骗和被逼无奈，从良的愿望格外强烈，刘四妈深谙此道。其次，她对妓女从良的情况非常了解，并做了分门别类的研究。她将从良分成四对八类，包括真从良与假从良、苦从良与乐从良、趁好的从良与没奈何的从良、了从良与不了的从良。单从这些分类，我们可以看出刘四妈对妓女行业的精熟。这些分类主要是根据从良妓女与从良对象之间的关系，以及从良者的结局来进行分类的。比如真从良、乐从良、趁好的从良、了从良中的从良妓女与从良对象之间属于你情我愿的关系，从良者的结局大多完美；而假从良、苦从良、没奈何的从良、不了的从良，则多指从良对象有意于从良妓女，而从良妓女无意于从良对象，他们之间的结合属于"强扭之瓜多不甜"，结局也大多较为悲苦。刘四妈这种对妓女从良进行分门别类的阐述，无疑让莘瑶琴对从良概况有了一个整体把握，也为刘四妈下一步的劝说工作奠定基础。最后，刘四妈顺理成章地端出了自己的结论：如意的从良对象需要在不断的接客过程中寻找。其实，刘四妈的逻辑就是你要从良，就必须要寻找合适的从良对象，而要寻找合适的从良对象，就必须要接客。这是刘四妈劝说的终极目标。果然，劝说起到了效果，莘瑶琴虽没有明确表示自己的态度，但从一些神情动作上可以看出基本上是认同了刘四妈的说法。

莘瑶琴的思想工作做通了，接下来是故事的男主人公秦重出场了。秦重的命运与莘瑶琴有几分相似，但又有些不同。相似的是他们都被"自己人"所卖，莘瑶琴是被贪钱的邻居大叔所卖，而秦重则被为生活所迫的亲生父亲所卖；卖入的场所不同，莘瑶琴被卖入妓院，开始自己艰苦脱籍的过程，而秦重被卖给了一个油店老板，开始自己的卖油生涯。秦重进入朱家，一方面是给朱家做伙计，另一方面也是给朱家继香火，秦重也被改成朱重了。秦重老实本分，又精明能干，很得朱老的赏识。然而，秦重却遭到同为伙计的邢权与侍女兰花的挑拨离间和栽赃陷害，被迫出走朱家，另立门户，开起属于自己的油店。在这个油店里，秦重既是老板又是伙计，每天仍然像在朱家一样，挑着两桶油去卖。不过，这次他卖油的两只桶上，明显写着属于自己的字样，一只写着大大的"秦"字，一只写着显眼的"汴梁"二字。秦重之所以打出这样的招牌，一方面是他在长期卖油过程中总结的生意经，另一方面是他在朱家就积累了很好的人脉。正是这两方面的因素，让他成为昭庆寺与王九妈妓院这两家用油大户的长期供应商。因此，秦重与莘瑶琴开始有了发生交集的可能。自第一次见到莘瑶琴之后，秦重犹如"情种"一样开始了追求自己爱情的艰难之旅。

秦重第一次看见莘瑶琴就被她的美貌所吸引，被她所震撼。这或许就是传说中的一见钟情吧。当时，他在昭庆寺卖完油后，闲逛到昭庆寺附近一座金漆篱门的院落，不时见到有些穿着体面的人物进出。这是什么地方呢？又是哪些人进进出出呢？正当秦重想着这些问题时，他心动的女神就出现了，容颜娇丽、体态轻盈，但很快又消失了。女神暂时消失，却来了生意。这时，王九妈看到发呆走神的他，问他是否有油卖，他说今天的油卖完了，明天早上送过来。正当他准备起身离开时，他的女神第二次震撼出现：两个轿夫，抬着一顶青绢幔的轿子，后边跟着两个小厮，飞也似的跑来。到了门口，歇下轿子，那小厮走进里面去了。不一会儿，只见两个丫鬟，一个捧着猩红的毡包，一个拿着湘妃竹攒花的匣子，都交给轿夫，放在轿座之下。那两个小厮手中，一个抱着琴囊，一个捧着几个手卷，腕上挂着一根碧玉箫。这时一位女子上了轿子，轿夫朝着来路而去，丫鬟、小厮跟随其后。

秦重怀揣着诸多不解的问题，来到不远处的一个酒家喝起闷酒来。在与店小二的交谈中得知，这是一家妓院，那位让他心动的女神就是临安城有名的花魁娘子莘瑶琴，身价是每晚十两银子。在酒精与荷尔蒙的强烈刺激下，秦重开始了他的爱情梦想。第一步就是攒足十两银子。按计划，攒十两银子他需要花三年时间。然而，他只用一年时间就攒齐了，由此可见，爱情的力量是多么神奇。第二步就是与莘瑶琴相见。这次见面却遇到非同一般的艰辛，一方面是莘瑶琴的日程安排得太满，另一方面是王九妈的故意拖延。然而，执着的秦重，并不在乎时间的长短。经过长达一月有余的漫长等待之后，机会终于来了。那是一个雪后方晴的寒冬之夜，秦重又一次来到王九妈妓院，并得到王九妈确切的消息：莘瑶琴晚上一定会回来。于是在王九妈的安排下，秦重在莘瑶琴的房间耐心地等待着女神的到来。对于秦重来说，这种等待是一种煎熬，是一种折磨，是一种度秒如年。也不知道过了多长时间，莘瑶琴终于回来了，却喝得酩酊大醉。见到秦重的第一句话就是"不是有名称的子弟，接了他，被人笑话"，接着又与王九妈喝了十杯酒。这时候已经是烂醉如泥了。其实，莘瑶琴的醉酒状态，是内心痛苦的表现，是自我麻醉的表现，也是鄙视接客的表现。这时候的秦重反而怜香惜玉了，整个晚上忙前忙后，又是处置呕吐秽物，又是递送暖壶浓茶。半夜时分，莘瑶琴酒醒之后，与秦重的一段对话让彼此有了进一步了解，并开始互相产生好感。

莘：你是那个？

秦：小可姓秦。

莘：我夜来好醉！

秦：也不甚醉。

莘：可曾吐么？

秦：不曾。

莘：这样还好。

莘：我记得曾吐过的，又记得曾吃过茶来，难道做梦不成？

秦：是曾吐来。小可见小娘子多了杯酒，也防着要吐，把茶壶暖在怀里。小娘子果然吐后讨茶，小可斟上，蒙小娘子不弃，饮了两瓯。

莘：脏巴巴的，吐在那里？

秦：恐怕小娘子污了被褥，是小可把袖子盛了。

莘：如今在那里？

秦：连衣服裹着，藏过在那里。

莘：可弄坏了你一件衣服。

秦：这是小可的衣服，有幸得沾小娘子的馀沥。

莘心想：有这般识趣的人！

秦重的第二步爱情计划已经顺利完成，而且收获颇丰，获得了女神的好感。那么，他的第三步计划是什么呢？那就是替莘瑶琴赎身。这个计划对于一个卖油郎来说，几乎是不可能实现的。

确切地说，这个计划是由莘瑶琴提出并组织实施。秦重在整个计划中只是充当了配角。那么，莘瑶琴为什么下定决心要嫁秦重，以完成她的真从良、乐从良、趁好的从良、了从良的强烈愿望呢？这里不得不提起一次偶遇。在临安城中有个福州太守的儿子叫吴八公子，此人是个典型的为人不齿的"官二代"。莘瑶琴当然不愿与这样的纨绔子弟来往，多次拒绝他的邀请。在一个风和日丽的清明时节，当莘瑶琴再次拒绝他的踏青邀请时，他就带着一群如狼似虎的手下，直接到王九妈的妓院无理取闹，并强行带走莘瑶琴。由于莘瑶琴的大声哭闹不配合，吴八用船将其载至僻静处，脱了她的鞋子，将她直接扔在那个地方。可怜的花魁娘子，竟落到这般田地。在荒郊野外，真是叫天天不应、叫地地不灵。在这个紧要关头，秦重出现了。莘瑶琴诉说了事情的原委之后，秦重对她进行了一番抚慰。然后，秦重又叫来一顶轿子，送莘瑶琴回王九妈的妓院，自己步行随后。到了妓院，王九妈当然是一通感谢，莘瑶琴也强烈要求他留宿。秦重终于完成第一次未了的心愿。不过，云雨之后，莘瑶琴说出埋藏在心底的夙愿，那就是让秦重为自己赎身，赎资由自己承担。对于秦重来说，这是天上掉馅饼的好事，毫无拒绝的理由。在征得秦重同意后，莘瑶琴开始有条不紊地实施自己的计划，一方面调动自己藏于别处的多年积蓄，包括金银首饰等，另一方面请求刘四妈为自己从良之事向王九妈说情。一切都在紧锣密鼓地进行。最后，莘瑶琴以一千金的代价买回了自己的自由身。秦重也是敲锣打鼓、风风光光地将自己的女神娶回家，有情人终成眷属。不仅如此，莘瑶琴与秦重还分别与失散多年的亲人团聚。一切都在美好的结局中完成人们的期许。

秦、莘二人的爱情故事我们讲完了，这个拥有完美结局的爱情故事给了我们哪些启示呢？第一，有志者事竟成。无论是秦重还是莘瑶琴，都对自己的目标有着执着的追求。秦重为得到自己心中的女神，三年的工作一年就干完了；莘瑶琴为达到从良目标，储蓄了大量的金银首饰。正是由于这种锲而不舍的精神，他们二人最后才能幸福地走到一起。第二，苦难是人生的一种财富。秦、莘二人最大的苦难就是被人当商品一样买卖。而被卖之后，仍然经历了重重磨难。秦重在朱家有两进一出的经历。一进是被父亲卖给朱家，一出是被人陷害而被逐出朱家，二进是真相大白后被朱家请回。这种浮浮沉沉的生活，磨炼了秦重纯朴善良的个性。而莘瑶琴落入风尘之后，一方面经历着那些非富即贵的纨绔子弟在肉体上的折磨，比如被王九妈灌醉后让金二破了身子，另一方面经历着那些达官贵人的种种刁难，比如被吴八抛弃在荒郊野外。这种精神与肉体的磨难，让莘瑶琴对真诚纯朴的爱情产生强烈的渴望。秦重的出现，恰好满足了她的这种渴望。第三，爱情是灵与肉的高度结合。秦重的爱情之路是对女神朝圣的过程，而莘瑶琴的爱情之路则是对从良的执着信仰。他们的心灵之路，在一切条件具备的情况下合二为一了。这就是他们的爱情，平凡而不平庸，简约而不简单。

二、才子佳人篇

红酥手，黄滕酒，满城春色宫墙柳。

东风恶，欢情薄，一怀愁绪，几年离索。

错，错，错！

春如旧，人空瘦，泪痕红浥鲛绡透。

桃花落，闲池阁，山盟虽在，锦书难托。

莫，莫，莫！

——（宋）陆游《钗头凤》

陆游与唐婉的爱情故事，古往今来不知打动了多少文人墨客。一首《钗头凤》诉说着才子内心对佳人深切的相恋相思之情，也诉说着词人对阻碍他们幸福生活之人的愤怒之意。其实，类似的爱情故事在古代小说中也是屡见不鲜。那么，就让我们一起去品味古代小说中才子与佳人的种种人生经历吧。

（一）始乱终弃

始乱终弃说的是痴心女子负心汉的故事。那么，我们今天要讲述的痴心女与负心汉又是什么人呢？我们首先从那个英雄救美的张生说起。

这里的张生不是金代的《董西厢》（董解元《西厢记诸宫调》）和元代的《王西厢》（王实甫《西厢记》）中那个有情有义的张君瑞，而是唐人元稹《莺莺传》中的负心汉。元稹（779—831），字微之，河南（河南府，今河南洛阳）人。幼时即聪明过人，后与白居易同科及第，并结成深交，共同倡导"新乐府运动"，世称"元白"，诗体号称"元和体"，传世有《元氏长庆集》。

元稹画像（清上官周作）

普救寺

故事发生在唐德宗贞元年间，地点在蒲州的普救寺。蒲州就是今天的山西永济。普救寺始建年代不详，但据初唐释道宣《续高僧传》记载，普救寺在隋初即已存在，唐人释道积大修。又据《永济县志》记载："明嘉靖三十四年（1555）地震，普救寺毁坏殆尽。嘉靖四十一年（1562）蒲州知州张佳胤重修。民国九年（1920）遭受火灾，建筑物多毁，仅存寺塔和三眼菩萨洞。1986年9月动工重建。1990年10月主体工程基本完工。"今天的普救寺基本上就以"有情人终成眷属"为主题了，如其山门立柱上的对联："普愿天下有情，都成菩提眷属。"可以说，普救寺成就了一部《西厢记》，而《西厢记》则成就了普救寺的名声。

那么，张生与崔莺莺是怎么在普救寺偶遇的呢？原来张生当时在蒲州游学，寄宿于普救寺。古代士子寄宿于寺庙，大致有这样两个原因：一是寺庙能免费提供食宿；二是寺庙较为清静，是读书写作的好地方。崔莺莺与其母当时也寄宿于普救寺，这是因为崔莺莺的父亲刚过世，其母郑氏携子带女回长安路过蒲州。从血缘关系来说，张生是崔莺莺的表哥。因为他们的母亲均为郑姓，且是远房的姊妹。但是，他们这种较为疏远的亲戚关系，即使有见面的机会，充其量只是叙叙旧而已。然而，蒲州发生的一场兵乱，却让张生成了救美的英雄，成了崔家的恩人。动乱的起因是郭子仪手下名将浑瑊在蒲州突然过世，作为监军的宦官丁文雅无法管控军队，士兵趁服丧之机，在蒲州大肆抢掠，携金带银的崔家也成了重要目标。这场动乱持续了十多天，在新将领杜确到来之后，局面才得以控制。在此期间，崔家老小惊恐万分，不敢出普救寺半步。在此紧要关头，张生动用了自己在蒲州的所有人脉资源，特别是得到一位蒲州将领的帮助，使崔家毫发无损。关于这次蒲州动乱的记述，据陈寅恪《读〈莺莺传〉》考证，具有补《旧唐书》之作用，当为"贞元朝之良史料"。

劫后余生的崔母对张生感激涕零，在寺中大摆宴席，酬谢救命恩人。崔母对张生说："我是个寡妇，带着孩子，不幸遭受兵乱，几乎不能保命，幸亏有你的帮助。我那弱小的儿子、年幼的女儿，都是你给了他们再次生命，不可与平常恩德相提并论。现在让他们以对待仁兄的礼节拜见你，希望以此报答你的恩情。"正是在崔母的安排下，张生与崔莺莺有了初次见面。崔、张的爱情故事就此拉开序幕。他们的爱情过程大致经历了以下几个阶段：

一是相恋阶段。崔、张二人从相见到相识，再到私定终身，其实只见了三次面。其中，初次见面是崔母安排的，目的是感谢张生的救命之恩。当时，崔莺莺在其母的千呼万唤中才勉强出来与张生相见。究其原因，或许是崔莺莺的矜持，或许是崔莺莺的不情愿，也或许是崔莺莺的欲擒故纵。不管是哪方面，应该都是小说作者制造悬念的匠心所在。相对于崔莺莺的冷淡，张生则表现得积极主动。在惊艳于崔莺莺那种天然去雕饰之美后，张生先是行礼，再问芳龄，最后用言词挑逗。然而，这种司马相如的范儿，却并没得到卓文君式的回应。相反，崔莺莺的眼光游离他处，一副想要逃离这一场见面的模样。初次见面就在不怎么和谐的气氛中结束了。

初次见面之后，张生百思不得其解：我好歹对崔家有恩，崔莺莺怎么这样对我呢？其实，此时的张生在情商方面还有待提高，无法猜透女孩的心思。但他开始意识到自己在战术上出现了问题，于是改变原来正面进攻的战术，而采取迂回包抄的方式。如何包抄呢？他选择了崔莺莺的贴身丫鬟红娘，后来的发展证明了他选择的正确性。他三番五次地找到红娘，通过红娘向崔莺莺表达钟情。红娘是强将手下无弱兵，稔熟崔、张二人的心思与特长。于是，红娘向张生提出建设性意见，让他写首激情澎湃的情诗，再由她转交给崔莺莺。果然，张生的情诗很快得到回复，崔莺莺回了一首诗，名曰《明月三五夜》："待月西厢下，迎风户半开。拂墙花影动，疑是玉人来。"这首诗的题名与内容，明显是一首约会诗，将约会的时间、地点、方式都交代得非常清楚：在月圆的那个晚上，你可以通过翻墙的方式，到普救寺西厢房找我，门掩着，你可以直接进来。张生得到这样的回复，激动不已。好不容易挨过四天，神圣的日子终于到来了。半夜时分，张生用梯子翻过墙头，来到西厢房，看到的却是红娘睡在床上。红娘惊讶地问道："你怎么来了？"张生有点不知所措，撒谎道："是莺莺写信让我来的，你为我通报一下。"不一会儿，红娘回来了，告诉张生道："来了！来了！"我们可以想象，此时的张生肯定是心跳加快、血压升高、手心有汗。然而，等待张生的并非是崔莺莺的甜言蜜语，而是崔莺莺连珠炮似的数落："你对我家有恩，我是感激不尽，但也不能因此乘人之危啊。如果是这样，那岂不是以乱易乱吗？还有，你通过婢女传递书信，这合乎礼数吗？"数落完张生，崔莺莺转身就走了。张生连说话辩解的机会都没有。我们可以再次想象，此时的张生应该是目瞪口呆、手脚冰凉、绝望透顶。这就是崔、张的第二次见面，颇有黎明前的黑暗的味道。

第二次见面几乎让张生斯文扫地，估计那几个晚上他都是在失眠中度过的。然而，越是黑暗的时候，光明的脚步就会越近。果不其然，几天后的一个晚上，张生仍像前几日一样在床上辗转反侧、不能入睡。这时，红娘带着枕头与被子，突然出现，并叫道："来了！来了！还睡什么！"红娘放下枕头与被子就走了。张生一头雾水，这主仆二人唱的是哪一出啊，让人丈二和尚摸不着头脑。过了片刻，崔莺莺出现了，一副娇羞让人怜惜的模样，与之前的冷淡矜持、厉声数落简直判若两人。接下来的事情，无非是巫山云雨、男欢女爱了。真是春宵苦短，正在他们温柔缠绵的时候，寺院的钟声响了，提醒他们天快亮了。这时候，红娘也来催促，崔莺莺只得洒泪与张生分别。幸福来得有点太快，让张生怀疑自己是否在做梦，但手臂上的唇印、衣服上的香气、席子上的泪痕，都在提醒着张生，刚刚过去的夜晚不是在做梦，是真实的。自这个销魂的夜晚之后，崔、张二人过起了朝隐而出、暮隐而入的同居生活，地点仍在西厢，时间长达一月有余。

二是疏远阶段。张生与崔莺莺的关系已经取得突破性的进展，自然想趁热打铁，成就这门婚姻。然而，张生将此情告知郑氏时，并没有得到期望的答复。于是，张生萌生了去长安（今陕西西安）的想法，并把这种想法告诉了崔莺莺。崔莺莺言语当中虽无责怪之意，但那种哀怨愁绪还是写在了脸上，让人顿生怜悯之情。最后，张生还是去了长安。这也是崔、张二人的感情逐渐疏远的开始。

几个月后，张生再次来到蒲州，又与崔莺莺相处了几个月。在这几个月里，崔、张二人的关系进一步疏远。这从以下几件事可以看出：第一，崔莺莺拒绝张生对其墨宝与美文的请求。第二，崔莺莺拒绝翻阅张生撰写的带有挑逗色彩的情书。第三，崔莺莺拒绝为张生弹琴。张生只得再次选择离开。在离开蒲州、前往长安的前夕，张生向崔莺莺道别。此时的张生，已无法奢谈爱情，只有唉声叹气地坐在崔莺莺身旁。崔莺莺意识到，诀别的时候快到了，该说临别赠言了。临别赠言的大致意思是：你起先玩弄我，现在又抛弃我，我没有怨言。如果你玩弄我了，又娶了我，那是你的恩惠。那些山盟海誓，也有到头的时候，你也不必对此有过多感慨。那次因为害羞，没有为你弹琴，现在为你弹奏一曲吧。于是崔莺莺弹奏了一段《〈霓裳羽衣舞〉序》。《霓裳羽衣舞》是唐玄宗吸收《婆罗门曲》创制而成，共分为散序、中序、曲破三个部分。其中，散序为前奏曲，节奏自由，不舞不歌；中序是慢板抒情，边歌边舞；曲破是全曲高潮，乐音铿锵，舞而不歌。崔莺莺弹奏的应该是散序中的一段。或许是崔莺莺将自己所有的哀怨情愁都化作琴音来表达了，所以演奏起来凄凄惨惨戚戚。崔莺莺不忍再弹奏下去，而张生也不忍再欣赏下去。第二天一早，张生就动身前往长安。这是崔、张二人的最后一次见面，也是诀别前的最后道别。

三是绝交阶段。张生到达长安的第二年，由于科举考试的失利，只得继续留在长安，准备来年再战。在长安，张生写信给崔莺莺，抚慰她那颗受伤的心灵。同时，还寄去了一盒花粉、一支口红。崔莺莺回了一封长信，除表达对收到礼物的感谢之意外，字里行间还包含着对张生的眷顾不舍之情，尤其是去秋别后，整天都生活在失魂落魄当中，茶不思饭不想，半夜惊醒还会泪流满面。最后，崔莺莺送了张生三件小礼物，以表达自己的深情厚意。一枚玉环，取坚润不渝、终始不绝之意；一束乱丝，取愁绪萦丝之意；一枚文竹茶碾子，取泪痕在竹之意。这三件礼物合起来的意思就是我崔莺莺对你张生的情意是始终不渝的，而你张生对我的抛弃让我常常愁丝满怀、泪洒斑竹。相对于张生的两件庸俗礼物，崔莺莺的礼物完全属于高大上的范畴。总之，这封绝交之信，写得令人荡气回肠，无论是对称的句式、优美的文辞，还是丰沛的感情，都是无可挑剔的。正因如此，这一美文被广泛地传阅于张生的亲朋好友之间，其中就包括杨巨源、元稹、李绅等，他们还分别为此创作了《崔娘诗》《会真诗》《莺莺歌》等。

曾经被普遍看好的才子佳人爱情，现在居然荡然无存了。元

稹很想探个究竟，于是直接向张生求证，然而得到的答复让人大
跌眼镜。张生居然说出一套迂腐的"女祸"论："大凡绝世佳人，
不祸害自己，必定祸害别人，正如妲己、褒姒祸害商朝和周朝一
样。崔莺莺如果嫁入豪门，凭借娇宠，不成云不成雨，就成蛟成
螭，不知道会变化成什么。而我这个人又不能战胜妖孽，那只能
克制感情，与她分手了。"大家听到这样一席话，都唏嘘不已。
鲁迅在《中国小说史略》里称这种结局处理方式为"文过饰非，
遂堕恶趣"。后来，张生别娶，崔莺莺另嫁。有一次，张生还想
见崔莺莺一面。崔莺莺作诗道："自从消瘦减容光，万转千回懒
下床。不为旁人羞不起，为郎憔悴却羞郎。"意思是说我崔莺莺
曾经为你消得人憔悴，现在各自都有家庭，你居然还要来见我，
你不嫌丢人，我都为你丢人。张生回了一首诗："弃置今何道，
当时且自亲。还将旧时意，怜取眼前人。"大致意思是：过去已
然成为过去，还是好好珍惜现在吧。自从这次交往之后，崔、张
二人再也没有任何联系了。

　　从一般意义上讲，张生无疑是一位典型的负心汉，但值得思
索的是，包括元稹在内的当时的高知，并没站出来指责张生，反
而将张生的负心行为辩解为"善补过"。究其原因，或许有这样
几点：其一，张生为元稹自况。自传小说的主人公当然不会过于
猥琐负面。其二，"女祸"思想的根深蒂固。比如当时诸多文人
就将安史之乱归咎于杨贵妃祸国殃民。其三，作者思想的矛盾。
作者一方面津津乐道于崔、张二人缠绵悱恻的爱情故事，另一方

面又想塑造张生远离儿女之情的大丈夫形象。也许正因为元稹笔下的张生形象前后矛盾，给后人再创作留下了广阔的空间。

除张生外，古代小说中典型的负心汉还有蒋防《霍小玉传》中的李益，冯梦龙《杜十娘怒沉百宝箱》中的李甲。李益是新中的进士，与艺妓霍小玉相爱。霍小玉虽是霍王府

《霍小玉》连环画书影

庶出身份，但已沦落风尘，与名门出身的李益不可同日而语。然而，爱情似乎能弥合一切。我们从李益的两次发誓可以看出：一次是在他得知霍小玉妓女身份之后，信誓旦旦称"粉骨碎身，誓不相舍""引谕山河，指诚日月"。另一次是在他赴任郑县主簿之前，针对霍小玉提出八年夫妻之愿，再次发誓称"皎日之誓，死生以之，与卿偕老"。然而，李益却并没有兑现自己的诺言，而是娶了父母为其物色的卢氏为妻。霍小玉得知后，抑郁病倒。在黄衫客的竭力帮助下，霍小玉临终前终于与李益见上一面。然而这次见面完全成了一场痛快淋漓的批判会，批判对象就是李益。而且，霍小玉还发誓死后将变成厉鬼，让李益永无宁日。

《杜十娘》连环画书影

李甲是一位太学生，与京师名妓杜十娘相爱。他们之间情投意合，山盟海誓。杜十娘以为遇到了可托付终身的知己，于是毅然决然地脱离青楼，随李甲回乡，却不料在路上被李甲以千金卖给徽商孙富。杜十娘了解事情的原委之后，先将自己积攒多年的百宝箱，一个个打开，一件件扔向江中，最后自己也投水自杀。李甲、孙富都被眼前的景象惊呆了。等他们回过神来，一切都晚了，一切都结束了。杜十娘的百宝箱，是一个意象。它象征着杜十娘怒沉下去的是自己的希望与爱情。

综观上述三个典型的始乱终弃的爱情故事，我们会有这样几点认识：其一，在失败的爱情或婚姻当中，女性永远是被侮辱、被损害的。比如在上述三个爱情故事当中，霍小玉与杜十娘付出生命的代价，崔莺莺后来虽有个较好的归宿，但精神上的挫伤或许永远难以抚平。其二，负心汉虽得到相应的谴责或惩罚，却无法杜绝负心行为的产生。张生虽然在小说中被作者贴上"善补过"的标签，但其负心行为在读者的心中昭然若揭。李益则得到了娶妻三次的报应。李甲后来终日愧悔，郁成狂疾，终身不愈；

孙富当时受到惊吓，而后卧床不起，月余而卒。或许负心行为与相亲相爱作为正反两面会永远并存。其三，爱情中的男女应有适当的理性考量。比如崔莺莺对张生、霍小玉对李益、杜十娘对李甲，不必过于追求灵与肉的高度统一，该放手时就放手，不然受伤害的永远是自己。

（二）有情人终成眷属

在古代才子佳人题材小说中，大团圆结局是最多的一类，比如清初的才子佳人小说，几乎无一例外，而且形成了一定的模式，即故事情节基本上由一见钟情、传递诗简、小人拨乱、奉旨成婚四部分组成。这种模式被曹雪芹称为"千部共出一套"（《红楼梦》第一回）。千篇一律的模式在一定程度上削弱了这些小说在艺术上的成就。所以，清初的才子佳人小说，在艺术成就方面佼佼者不多。虽然如此，我们不能一概否定古代才子佳人题材的小说，比如唐传奇《无双传》即为其中的名篇之一。

《无双传》是由唐人薛调创作。薛调（830—872），河东宝鼎（今山西万荣）人。唐宣宗大中八年（854）进士及第。曾任户部员外郎加驾部郎中、翰林学士、知制诰等职。薛调貌美，被时人称为"生菩萨"。然而，帅气的外表并没有给他带来好运气，相反，却出现了"美男薄命"的人生结局。据宋人王谠《唐语林》卷四《容止》记载，当薛调成为翰林学士之后，唐懿宗的郭妃注意到这位"生菩萨"，想将其女同昌公主嫁给他，郭妃将这一想法告诉了唐懿宗，不久薛调就暴病身亡，时人多认为其中毒而亡，卒时年仅43岁。据傅璇琮考证，此说不可信，理由有二：一是薛调入翰林院时，已是41岁，年龄偏大，不符合驸马入选条件。其二是薛调进入翰林院的前一年，同昌公主已嫁韦保衡。我们在此且不论学界的论争，有两点是肯定的，那就是薛调貌美，且英年早逝。薛调的传世作品并不多，《无双传》是其一篇不可多得的优秀小说作品。

《无双传》说的是王仙客与刘无双的爱情故事，故事发生在唐德宗建中年间。王仙客的母亲是刘无双父亲刘震的姐姐。王仙客幼时丧父，后与母亲寄居在外婆家，不久母亲又病逝，尚未成年的王仙客成为实质上的孤儿了。不过，其母在临终前将最为重要的一件事安排妥当，那就是王仙客的婚事。她对其弟刘震说："我只有这么一个儿子，恨不得早点看到他成家。但是，现在是看不到了。你女儿无双天生聪慧，将来你就不要把她嫁给别人了，就嫁给我家仙客吧。你一定要答应我啊。如果你不答应，我死不瞑目！"面对姐姐的临终嘱托，刘震只得答应："姐姐你还是好好养病吧，不要老为这些事烦心了。"王仙客的母亲带着遗憾与欣慰离开了这个世界。王仙客抚梓归葬其母，并守孝三年。当他从家乡襄阳回到长安时，舅舅刘震已今非昔比，升任尚书租庸使。租庸使是掌管国家税收的最高长官，相当于今天的国家税务总局局长。据史料记载，租庸使始置于唐玄宗开元十一年

（723），首任为宇文融，其后有韦坚、杨国忠继之。这一职位的设置，成为一些官员专事敛财的工具，杨国忠即为典型。唐德宗时实行两税法之后，该职曾被废止。唐僖宗时，为镇压黄巢起义，聚敛军用物资与粮草，再度设置租庸使。五代后梁、后唐时期，租庸使为筹划财源掌管用度的中央财政长官，后唐明宗时废除。从这一官职的演变，我们大致可以清楚其在朝廷中的重要地位。

刘震升任租庸使后，门庭若市，车水马龙，官气十足。当王仙客再来投靠时，刘震倒并未嫌弃，而是将他安排在学馆里，与其他学子住在一起。然而，王仙客最关心的是自己与刘无双的婚事，舅舅却一直未曾提起。一次偶然的机会，

王仙客向刘无双求婚（冯志超绘）

通过窗户的缝隙，王仙客第一次看到刘无双时，就为其美貌与气质所折服。王仙客再也无法消极地等待下去了，必须要主动出击。机会永远属于那些有准备的人。于是，王仙客采用先打外围、各个击破的策略。为了实现自己未来的美好婚姻理想，他开始变卖自己值钱的家当，千方百计地去讨好舅舅、舅母，甚至他们的奴婢、亲戚。重大突破首先在舅母身上获得。在舅母过生日时，王仙客不惜重金购买犀玉雕镂的首饰，让这位未来的岳母大

人"龙颜大悦",当下即表示同意这门婚事。这是王仙客百般努力后取得的阶段性成果,似乎离胜利只差一步之遥了。然而,王仙客发展的一位青衣线人告诉他,舅母在向舅舅征求意见时,被拒绝了。真是功亏一篑啊!但是,内心痛苦的王仙客,每天还得笑脸迎对言而无信的舅舅。

王仙客在遥遥无期的等待中,泾原兵变发生了。据史料记载,唐德宗建中四年(783)九月,唐德宗抽调位于泾原(治所在今甘肃泾川北)的兵马前去救援襄城(今河南襄城)。十月,泾原节度使姚令言带领五千兵马来到长安,士兵们冒着雨,天气又寒冷,希望得到朝廷优厚的赏赐,结果却一无所获。当士兵们到达浐水(今陕西蓝田境内)时,唐德宗命令京兆尹王翔去犒赏军队。京兆尹相当于今天的北京市市长,是首都的最高长官。王翔只给粗粮素食,引起士兵们的不满,导致哗变。士兵击鼓呐喊,攻入京城。姚令言当时正入朝辞行,听说手下哗变,急忙赶来劝说士兵。但士兵们不听,逼迫姚令言向西进兵。唐德宗急忙派中使赏赐每位士兵布帛二匹,士兵们更加愤怒,用箭射中使。当唐德宗又命令拿出二十车金帛赏赐给士兵时,乱军已经从通化门入城,势不可挡。唐德宗只得仓皇逃往奉天(今陕西乾县)。叛军迎朱泚为主。朱泚从白华殿进入宣政殿,自称大秦皇帝,自设文武官吏。此次兵变持续至唐德宗兴元元年(784)六月,最终被李晟、浑瑊等人平定。次月,唐德宗返回长安。

这次兵变不仅给唐朝统治带来不小的冲击,也给京城百姓的生活造成了很大的祸害，包括刘震一家。在乱军攻入京城那天，刘震上完朝一路小跑地赶回家，到家后马上锁上大门，惊慌失措地告诉家人："泾原士兵发生兵变了，姚令言带着士兵进入含元殿，德宗皇帝都跑了，百官们也跟着跑了。我

长安兵变（冯志超绘）

回来主要是安排一下家里，马上也准备出发。"又马上叫来王仙客，说："仙客啊，我同意将无双嫁给你。另外，还有一件重要的事要拜托你。你先换个衣服，然后带着这二十车金银细软，从开远门出城，找一家僻静的客栈住下来。我和你舅母、无双从启夏门出城，到时候与你会合。"听到舅舅在危难时刻的承诺与嘱托，王仙客既感到由衷的喜悦，又感到责任的重大，同时还感到危险的存在。于是，他们分两路逃离京城。王仙客这一路出城很顺利，出城之后在一家不起眼的客栈住了下来。但刘震这一路却遇到麻烦了，原来他们一家在出启夏门时，被守城的士兵认出来了，当即被扣押。王仙客听说之后恸哭不已，只得回到客栈之中。半夜时分，城门大开，火光如昼，士兵呼喊着要搜查城外的朝官。王仙客只身从客栈逃走，一直逃到家乡襄阳，无双与那二十车刘家辎重也就此失落。

王仙客在家乡住了三年时间，等所有事情都结束之后，才回

塞鸿告知刘无双之事（冯志超绘）

到京城。到达京城后，王仙客开始四处打探舅舅家的消息。正在彷徨之际，一张熟悉的面孔出现了。这人叫塞鸿，曾经是王家的仆人，后做了刘家的小厮，现在已成为一位贩卖丝织品的商贩。当他们在街头相遇时，塞鸿并没有完全将真相告知王仙客，只是说他们一家在兴化宅。当夜幕降临时，塞鸿以酒壮胆才说出真相："刘尚书由于做了朱泚伪政权任命的官，平叛之后他们夫妇被朝廷处以极刑了，无双也被送入宫廷当宫女。"王仙客听后，放声大哭，感动了邻里。邻里也对此表示同情，并问刘家还有什么人没有。塞鸿说："还有无双的婢女采苹，现在京城禁军将领王遂中府中。"在塞鸿的帮助下，王仙客以侄儿的身份去求见王遂中，并恳求赎买采苹。王遂中答应了王仙客的请求。于是王仙客租了房子，与塞鸿、采苹三人住在一起，总算一家人暂时团圆。然而，这并不是真正意义上的全家团圆。王仙客每天唉声叹气，无精打采。塞鸿心想，不能老这样下去啊，得想办法。于是求见王遂中，请求帮忙。王遂中虽身为京城禁军首领，却是个古道热肠的人。他将王仙客推荐到京兆尹李齐运那儿。在李齐运的举荐下，王仙客当上了富平（今陕西富平）县尹，兼管长乐驿。县尹相当于明清时期的县令，即今天的县长。

长乐驿在长安城东长乐坡下，渭水西岸，距长安城东面的通化门
仅七里，是东出长安的首驿。这两个地点对于王、刘二人的爱情
来说，是至关重要的。长乐驿是久别重逢的地点，富平县是贵人
相救的地点。

王仙客做官，不去富平赴
任，先到长乐驿。其实，他是
想在长乐驿等待机会。经过几
个月的等待，机会终于来了。
当时有一批三十人的宫女被中
使押往皇陵，做洒扫工作，刚
好寄宿在长乐驿。王仙客感觉
刘无双可能就在其中，就让塞

塞鸿打探刘无双消息（冯志超绘）

鸿假扮成驿吏，在宫女寄宿地方的外面摆下茶具供应茶水。从白
天到黑夜，塞鸿一刻也不敢分神。果然，功夫不负有心人。在夜
深人静时分，刘无双熟悉的声音出现了："塞鸿啊，你怎么知道
我在这儿啊？仙客他还好吗？"说完便哽咽不能语。塞鸿说："仙
客现在掌管这个驿站，他怀疑你会在这里，特意让我来找你，并
向你问候。"刘无双说："我现在不能跟你说得太多，明天我会从
渭桥上经过，让仙客如此这般，我们可以相见。当我走后，你去
东北方阁子中的紫色褥子底下取出书信送给仙客。"说完就离开
了。塞鸿马上回去将这一令人兴奋的消息告诉王仙客。王仙客惊
喜地问道："那我们怎样才能相见呢？"塞鸿说道："现在渭水上

的桥梁正在维修，你可假扮成理桥官，站在桥上。当送宫女的车队从桥上过的时候，靠近车队站立。如果无双认识，她会主动与你打招呼的。"王仙客按照塞鸿说的做了，准时站在渭桥之上。当车队第三辆车子经过的时候，车帘果然被打开，无双正坐在里面呢。虽然他们之间未说一句话，但久别重逢的一瞥已让王仙客内心五味杂陈。之后，塞鸿前往东北方阁子取回刘无双写给王仙客的信件。信中主要表达了刘无双对王仙客的缠绵悱恻之情。在信的末尾，刘无双还写了一件极为重要的事，那就是给王仙客指明一条解救自己的路子。那是一条什么样的路子呢？原来刘无双以前从她父亲那里得知，在富平县有一个叫古押衙的热心人，他是一位有办法的人，能想别人不能想的办法，能做别人不能做的事情。刘无双叫王仙客去找他，或许有意想不到的收获。在长乐驿守候的目的达到了，于是，王仙客向上司请求解除了驿务，去富平赴任，开始了解救刘无双的艰辛历程。

王仙客拜见古押衙（冯志超绘）

赴任富平县尹后不久，王仙客找到了居住偏远且简陋的古押衙，并多次携珍带宝，前往拜访，但一直没有提及解救未婚妻刘无双的事情，古押衙也未曾问及。随着时间的推移，王仙客的任期已满，赋闲于县城。这时候，古押衙的身影出现了。见面之后，古押衙说道：
"我古某一介武夫，感谢你对我的厚爱，不知道有什么可以帮助
你的。如果有，即使粉身碎骨，也在所不辞。"王仙客将事情的
原委一一向古押衙道来。古押衙深感事情的复杂性与严重性，并
告知王仙客："此是大事，不易办成，需要时间，不要指望一朝
一夕能办成。"王仙客坦言："我只要此生能见无双就可以了，哪
儿能指望一时半会儿呢？"接着，古押衙消失半年，没有任何消
息。突然有一天，古押衙派人送来书信，说："茅山使者回来了，
你赶快来一下。"王仙客快马加鞭，来到古押衙住所。当时古押
衙一句话也不说，王仙客又问茅山使者，使者说："已经杀掉了，
你且喝茶吧。"王仙客一头雾水，也没多问。半夜时分，古押衙
问王仙客道："你们家有认识无双的女性吗？"王仙客说："有啊。
无双的婢女采苹。""那你将她找来。"古押衙道。王仙客立即回
去将采苹带来。古押衙笑呵呵地说："借用采苹三五天啊，仙客
你先回去吧。"王仙客懵懵懂懂地回去了。过了几天，听说有个
大官到陵园处置守陵的宫女。王仙客派塞鸿去打听，得知处死的
是刘无双，王仙客大哭不已，叹息道："本来是让古先生去救无
双的，哪知却将她害死了，现在怎么办呢？"正当王仙客郁闷不
已之时，突然响起了急促的敲门声。打开门之后，古押衙扛着一
个兜子进来了。王仙客忙问道："这是什么？"古押衙说道："是
刘无双啊！今天给她吃了药丸，昏死了，心口还是热的，不久就
能活过来。"没等古押衙说完，王仙客就把刘无双抱到阁子中，

刘无双诈死复活（冯志超绘）

亲自守候。到天亮的时候，刘无双已然全身变暖了。然而，当刘无双醒来看到王仙客第一眼时，由于过分激动，又昏厥过去，到晚上才完全恢复正常。这时候，古押衙才道出事情的原委。原来，古押衙半年没有音讯，是在等待制造药丸的茅山使者的到来。借用采苹，是让她假扮宫中宦官，以无双为逆党之女为理由，赐此药丸以自尽。其实，此药丸服用之后，会出现假死症状，三日后药效自动消失，服药者就会活过来。那么，刘无双假死之后，怎样将其运出来呢？对此古押衙也早有安排，他通过金钱打通了所有关节，以赎买尸体的名义，将假死的刘无双偷偷地运出。为避免走漏风声，古押衙杀死了所有参与这次营救行动的人，包括茅山使者、运送刘无双者、塞鸿等十余人。最后，古押衙亦刎颈自杀。在自杀之前，古押衙对王仙客说："你的所有恩情，我都报答了。富平不是你们的久留之地。你们还是隐姓埋名，浪迹江湖吧。"至此，营救刘无双的行动大功告成。当然，也付出了沉重的代价，那就是十余人的生命。

王仙客听从古押衙建议，携刘无双历经四川、三峡，隐居在今天湖北江陵的渚宫。在确认京城里没有对他们不利的消息后，王仙客才从江陵迁往自己的家乡襄阳居住。王、刘二人白头偕老，儿孙满堂，成就了一段令人难以置信的传奇。

综观王、刘二人的爱情故事，最富传奇色彩的应该是营救刘无双的过程。而通过服用药丸诈死的营救方式，颇类七百多年之后的莎士比亚名剧《罗密欧与朱丽叶》。我们知道，罗密欧与朱丽叶所处的两个家族，有着深刻的世仇，但他们却相爱了，而且爱得很深。他们之间的爱情显然不能得到双方家庭的认可，于是在神父的帮助下，朱丽叶服用了假死的药丸，四十二小时后会苏醒。然而，罗密欧在不明真相的情况下，服用剧毒死在朱丽叶的身旁。朱丽叶苏醒之后，发现罗密欧已服毒身亡，便用其剑，刎颈自杀。真是令人扼腕叹息的爱情悲剧！相比较而言，古押衙比那位神父要高明得多，能将所有的细节都考虑周全，做到万无一失、天衣无缝。令人遗憾的是，古押衙在成全有情人成为眷属的同时，付出了包括自己在内的十几条生命的惨重代价。在这沉甸甸的代价之上，也许我们很难欣然断言，王仙客与刘无双是幸运的，而罗密欧与朱丽叶是悲剧的。

（三）生则异室死同穴

《诗经·王风·大车》云："谷则异室，死则同穴。谓予不信，有如皦日！"

诗句的意思是：即使活着的时候不能同居一室，死的时候也要埋葬在一起。如果你不相信我，我可以对天发誓，让太阳为我作证。这首诗明显是恋爱男女之间的誓言。元代小说《娇红记》中申纯与王娇娘的爱情故事，在很大程度上诠释了这四句诗，为我们演绎了一段生死相许的爱情悲歌。

《娇红记》为何人创作，学界对此颇有争议。主要有两说：一是宋末元初的宋梅洞说。主要依据是明宣宗宣德十年（1435），丘汝乘为杂剧《金童玉女娇红记》所作的"序"称该剧为元清江（今江西新干）宋梅洞所作。据日本学者伊藤漱平考证，宋梅洞即是宋末元初的宋远。二是元中后时期的虞集说。主要依据是明嘉靖时期高儒《百川书志》卷六著录《娇红记》时，称其为元人虞集编辑。但据章培恒等考证，《娇红记》中飞红所举"古词"《昼夜乐》，明显受元末明初人梁寅的影响，故此，以上宋梅洞、虞集二说均不成立。不过，据学界推测，《娇红记》的作者可能是江西人，理由是《娇红记》与江西有着千丝万缕的联系，比如宋梅洞、梁寅均为江西人，虞集的父辈也移居江西。关于《娇红记》的创作时间，依据学界考证，大致在元末。另外，《娇红记》的版本繁多，本文主要依据明人林近阳增编的《新刻增补全相燕居笔记》。

故事发生在宋徽宗宣和年间。男主人公叫申纯，字厚卿，生于洛阳，随父居成都。申纯自幼聪慧，具有一定的神童特质，比如八岁通六经，十岁能写一手漂亮的文章。然而，他参加科举考试并不顺利，于是来到在眉州任通判的舅舅家散心。通判为何官职？通俗地说就是中央派驻地方的官员。据史料记载，通判一职始置于宋太祖时期，由皇帝直接委派，目的是辅佐与牵制知州，属副职。不过，通判更多的职能是监督官员，包括知州，有点像今天的监察部门或纪委。由此可见，申纯的舅舅虽为一闲职官员，却是眉州的二把手，当属高官。或许令申纯想不到的是，他的这次散心行动，使他开始了自己的爱情，正所谓"文场失意、情场得意"。

申纯与王娇娘的初次见面，是在申纯拜见舅舅王通判之时。但这次见面颇为不顺，与《莺莺传》中张生初次见崔莺莺有诸多相似之处，都是千呼万唤始出来，都是被佳人的美貌迷倒，都是一见钟情。不过，与张、崔二人不同的是，自初次见面之后，申、王二人的交往更为频繁，感情也得到进一步加深，爱情之花开始绽放。其中，申、王二人的诗词唱和，是他们交往的重要媒介，也是他们增进感情的重要步骤。唱和词有三十一阕，诗有二十九首，另外还有一封书信。而他们之间真正的爱情表白是一次拥炉共坐。

那是一个暮春小寒的早上，将要离开的申纯折了一枝梨花，去拜访王娇娘，而王娇娘对他很冷淡，既没有起来招待他，也没有理睬他。这时候申纯非常生气，将这枝梨花扔在了地上，发泄了一下对王娇娘长期矜持带来的冷淡的不满。王娇娘几乎被眼前的景象惊呆了，慢慢地坐了起来，并拾起地上的梨花，问道："这是为何？"申纯说："梨花代表我这颗破碎的心。"王娇娘看着申纯认真的模样，有点忍俊不禁，说道："兄长想多了，春神掌

申生娇红会话（萃庆堂本）

管的梨花仅供人们玩赏而已。"接着，他们又开始探讨感情承诺之事。于是就有了下面的申、王二人精彩的爱情表白。申纯说："我自遇子之后，魂飞魄散，不能着体，夜更苦长，竟夕不寐。"这一表白颇似《诗经》首篇《关雎》中对思念的描写："窈窕淑女，寤寐求之。求之不得，寤寐思服。悠哉悠哉，辗转反侧。"王娇娘的表白也颇为直白："自数月以来，诸事不复措意，寝梦不安，饮食俱废，君所不得知也。"甚至以死相誓，"异日之事君任之，果不济，当以死谢君"。其原有的矜持似乎荡然无存，少女怀春的情思表露无遗。他们除了在言语上表白外，还以书盟言、换缕发的方式，进一步加强他们的情感维系。至此，申、王之间消除了诸多误会，心灵上已达到高度的契合。这是他们爱情进一步发展的重要基础。

在爱情表白之后，私定终身是申、王二人情感发展的必然。那是申纯再次来到王家后不久的一天晚上，王娇娘主动约申纯当晚至熙春堂相会。为何选择熙春堂呢？原来它是一个人迹罕至、花层茂密的地方，距离王娇娘的闺房也不远。其实，在此次相约之前，王娇娘曾相约一次，只是因一场暴风骤雨搅和了他们的好事。除在相约地点上颇费心思外，王娇娘还在细节安排上考虑颇多，比如行走路线、打发下人等。一切都安排妥当，半夜时分申纯开始出发，趁着月明风清，怀着一颗惴惴不安的心，翻过外窗，绕过堂后，爬过荼蘼架，扶窗进入熙春堂。当他到达熙春堂时，身着艳装

申生娇娘云雨（萃庆堂本）

的王娇娘已等候多时了。相互寒暄几句后，他们开始进入春宵一刻阶段，直到鸡声催晓、虬漏将阑，他们才依依不舍地分开。这种暮入晓出的同居生活，持续了一月有余。按照王、申二人的情感发展，如果没有外界因素的干扰，他们将会拥有一个圆满的婚姻。然而，外界的干扰因素却接二连三地到来。

第一个干扰因素来自王娇娘的父亲王通判。在第二次离开王家后，申纯托媒人向舅舅提亲，却遭到舅舅的严词拒绝，其中重要的借口是"朝廷立法，内兄弟不许成婚"。从优生优育与遗传学角度来看，直系亲属或旁系三代内的亲属之间是不能成婚的。但在古代，为显示亲上加亲，表兄妹之间成婚的比比皆是。王通判的理由，显然不是从遗传学角度考虑问题，而是为阻止他们成婚寻找的冠冕堂皇的借口。也正是在王通判的干涉下，申、王二人最终走向了悲剧。

遣媒求婚（萃庆堂本）

第二个干扰因素来自王通判的侍女飞红。飞红作为下人，对申、王二人自由恋爱之事略知一二。王娇娘为了避免其在父母面前说三道四，甚至搬弄是非，曾不惜以厚礼作为封口费。然而，当申纯因假装生病，第三次来到王家后，飞红与申纯之间的微妙关系给王娇娘造成不小的误会。第一次误会是王娇娘的那只旧花鞋。原来托人提亲遭拒绝后，心情郁闷的申纯在成都偶遇一位名叫丁怜怜的妓女。这位妓女虽未曾与王娇娘谋面，却能绘声绘色地说出王娇娘的相貌与个性，并对王娇娘有种莫名的崇拜，希望申纯日后能送一只王娇娘的绣花鞋给她。申纯曾当面找王娇娘要过一只绣花鞋，却因未能自圆其说而作罢。为兑现对这位红颜知己的承诺，申纯只得趁王娇娘熟睡之际，偷走一只旧绣花鞋，放到自己的住处。然而，他的整个行动落入了飞红眼中，那只旧绣花鞋也落到了她的手上。令申纯意想不到的是，飞红竟将那只绣花鞋交给了王娇娘。热恋中的王娇娘，开始怀疑申纯与飞红私通。第二次误会是申纯与飞红一起在窗外戏闹蝴蝶。这让王娇娘醋意大增，也点燃了心中的怒火，直接大骂飞红。飞红开始了报复。于是，又出现了第三次误会。那就是飞红当着王娇娘母亲的面，说出那只旧绣花鞋的事。好在王娇娘机灵，用他事敷衍了过去。经过这三次误会，王娇娘与申纯之间的关系降到了冰点，到了见面不相言语的地步。但是，误会似乎并没有结束的迹象，第四次误会又不期而至。这次是申纯偶拾飞红词。这首《青玉案》题在鸾笺上，是申纯在王家后花园散步时，在花丛中拾得的，之后又将此词挂于书案之上。这首词从内容上看似王娇娘所作，但字迹与绘画，明显又不是王娇娘所作。申纯希望得到王娇娘的确认，却一直未果。不仅如此，这首词还加深了他们之间的误会，他们大有老死不相往来的架势。然而，越是误会最深处，越是冰释前嫌到来时。王、申二人"冷战"一月有余，他们关系出现了重要转机，申纯看到王娇娘为其所作的那首五言绝句，特别是后两句"徘徊无限意，空作断肠诗"，更是让申纯顿觉他们之间的距离瞬间消失。接下来，他们互相倾诉衷肠，并做出在神明前剪发发誓的决定。这是申、王二人第二次剪发盟誓，较前一次更为正式。这位神明就是明灵大王，也就是东晋名将陶侃（陶渊明的曾祖父）的供像。

　　申、王二人重归于好，但飞红的干扰似乎并没有结束。那一天，申纯与王娇娘正手牵手在后花园里漫步，观赏盛开的牡丹。这一幕为飞红所见，于是她假意通知王母出来赏花。当王母看到申、王二人时，大声呼喊王娇娘。申纯狼狈逃回自己的住处，心想这一定是飞红的报复行为，看来在王家待不下去了。第二天申纯向舅母提出归家的请求，舅母也不作挽留。这样，申纯第三次离开王家。

申生兄弟联捷（萃庆堂本）

第三个干扰因素是女鬼。申纯在第三次离开王家后，曾有一次与王娇娘见面的机会。那是王通判因故携眷路过成都，借宿于申家，但因舅母及其侍女与王娇娘形影不离，他们几乎没有说话的机会，只好互赠几首相思诗词。之后，在其兄申纶的劝说下，申纯参加了科举考试。正是无心插柳柳成荫，申纯连中秋试与春试，并光荣地进入了《登科录》。这里稍微交代一下宋代的科举制度。宋代的科举制度分为三级：州试、省试、殿试。每三年举行一次，称之大比。州试，又称解试，为秋季举行，故又称为秋试，由州府组织。州试次年春天举行省试，故又称春试，由礼部组织。省试后当年举行殿试，由皇帝亲自主持。州试与省试相当于明清时期的乡试与会试。

正是由于进入了《登科录》，申纯获得了第四次进入王家的门票。这次申纯在王家寄居时期，侍女飞红的干扰已被王娇娘彻底消除，但又冒出了一个女鬼，使他们之间的感情再次掀起波澜。这位女鬼是由一位因病暴卒的前州官儿媳所化。女鬼很狡猾，一是变成王娇娘的模样，以致申纯一直认为她就是王娇娘；二是让申纯不要与他人言及此事，实际上就减少了此事外泄的可能性；三是在申纯住处与其相会、同眠，这就减少了申纯与王娇娘见面的机会。这样，申纯与假王娇娘越来越亲热，与真王娇娘却越来越疏远。王娇娘越来越觉得不对劲，被王娇娘收买且被其爱情感动的飞红，开始动之以情晓之以理地规劝王娇娘，并提出前往申纯住处一探究竟的建议。于是，王娇娘派了两位侍女——小慧与兰兰前往勘察。不看不知道，一看吓一跳。申纯居然每天晚上都和一个与王娇娘长得一模一样的女子相会。这时候王娇娘才明白，申纯最近的怪异行为都是那个女鬼在作祟。第二天，王娇娘以其母的名义将申纯召来，向其说明与他每天相会的是女鬼，申纯吓得汗流浃背，再也不敢回到自己的住处。王娇娘与飞红商量，如何让申纯入住离其更近的中堂呢？那只有让王母知道申纯遇鬼的事。申纯当天晚上壮着胆，与女鬼最后一次见面，在飞红的精心安排下，王母相信申纯确实遇鬼了。于是，申纯也就顺理成章地入住中堂了。申纯与王娇娘的关系在经历这次挫折后，更加融洽了。然而，毁灭性的干扰因素，却在申、王二人即将成婚之时出现了。

第四个干扰因素是帅府公子。申纯与王娇娘关系修复之后不久，王母就去世了。申纯第四次离开王家。次年六月，王通判任期届满，第二次路过成都、借宿申家。在飞红的撮合下，王通判基本上答应了女儿与申纯的婚事，同时还说服了申纯的父亲同意申纯随其前往王家。于是，申纯第五次进入王家，这几乎就是要成为王通判的乘龙快婿了。在调任新职前，王通判安排了申纯在王家的诸多事宜，明显是将申纯当作自家人看待了。王通判任新职之后，申纯与王娇娘成了王家实际上的两位主人。然而，就在这个时候，一位帅府公子却来王家向王娇娘求婚。这一突如其来的求婚，彻底毁灭了申、王二人的爱情与幸福。

原来，这位帅府公子知道王娇娘，是妓女丁怜怜在不经意中说出的。哪知说者无意，听者有心。帅府公子凭借自家的势力与钱财，迫使王通判答应了这门婚事。随着婚期的临近，王娇娘越来越烦躁，一不小心得罪了婢女绿英，致使其与申纯同居之事差一点被父亲王通判知晓，好在飞红从中斡旋，此事才得以平息。而对于申纯来说，其理想的选择就是离开王家，但看到王娇娘伤心欲绝的情形，申纯又动摇了。就在这个时候，申纯父亲有疾的书信的到来，迫使申纯最后还是做出了离别的决定。在一片"相见时难别亦难"的气氛中，申纯第五次离开了王家。

自申纯归家之后，王娇娘茶不思饭不想，不到半月，已卧床不起。此时的飞红是看在眼里、疼在心里，于是偷偷写信让申纯前来。申纯在瞒着家人的情况下，偷偷地来到王家与王娇娘相会。这是申纯第六次进入王家。这次相会非同寻常，一方面是在秘密状态下进行的，另一方面是生离死别。王娇娘的送别词和送别诗，将她与申纯的爱情推向高潮。我们且看这两首诗词：

郎今去也抛奴去，恨共离舟留不住。扶病别江头，沾襟泪如雨。路远终须别，一寸肠千结。此会再难逢，相逢只梦中。(《菩

萨蛮》)

合欢带上真珠结，个个团圆又无缺。当时把向掌中看，岂意今为千古别。

送走申纯，王娇娘几乎只剩下没有灵魂的躯体了，于是托疾佯狂、蓬头垢面、引刀自裁、绝食数日，然而均未能达到与帅府公子退婚的目的。但经此折腾，王娇娘一病不起，数日即卒。申纯自第六次从王家归来后，特别是收到王娇娘临终赠诗时，也开始履行当初

复书举枢（萃庆堂本）

对王娇娘的爱情承诺，那就是与她一起赴死。先是自缢未遂，接着又神思昏迷，不思饮食，最后奄奄而亡。当申纯死亡的消息传至王家时，王家上下愕然，特别是王通判痛恨自己断送了两个年轻人的幸福。现在唯一能做的，就是生前不能让他们在一起，死后一定要让他们在一起。于是，王通判复书于申纯父母，举王娇娘灵枢前往申家，与申纯合葬。两个相亲相爱的人，最后以这种方式完成生前的心愿，实在是令人痛惜不已。

《娇红记》诠释了"谷则异室，死则同穴"的内涵，类似的故事还有明代黄周星的《补张灵崔莹合传》。故事发生于明武宗

正德年间，说的是一段真实的悲切的爱情故事。故事的男主角张灵，字梦晋，苏州吴县人。此人相貌英俊，才调无双，工于诗画，生性豪放，嗜酒如命，自许才子，与唐寅友善。有一次，唐寅问张灵为何至今不娶，张灵说才子自古配佳人，而古代真正意义上的才子与佳人只有李白与崔莺莺，自己是才子第二，而佳人第二却还未出现。唐寅明白其意，答应帮他寻觅崔莺莺式的佳人。一日，唐寅与祝枝山等人在苏州虎丘聚饮，张灵听闻，乔扮乞丐前往，左持《刘伶传》，右持木杖。唐寅假装不识，命张灵以"悟石轩"为题作诗，张灵一挥而就，赢得众人叫绝。张灵酒醉后，径自离开。于是，唐寅作《张灵行乞图》，祝枝山题诗，颇类一段魏晋风流佳话。这时，南昌人崔文博求见，在其再三请求下，唐寅奉送祝枝山题诗的《张灵行乞图》。崔文博新近丧偶，正携女儿崔莹扶柩乘舟回南昌。当父亲回来时，崔莹才得知那个冒昧上船拜访的行乞者，就是大才子张灵。而张灵自从在船上见了崔莹之后，认为自己找到了真正的绝代佳人。为此，张灵在虎丘周围四处寻找，但是寻找多日未果，只得前往唐寅住处询问。一到唐府，看到的是一片繁忙热闹的景象，原来宁王朱宸濠要聘唐寅为其门客。张灵觉得正合其意，故极力怂恿唐寅前往南昌。当然，张灵有其私心，那就是想让唐寅帮他寻找崔莹的下落。唐寅到南昌后，接到的第一份差事就是创作《十美图》，以进献给正德皇帝。当时，九位美女已经找到，还差一位。哪知最后一位竟是崔莹！由季生推荐，并得到朱宸濠认可。这时的崔莹也得知唐寅在宁王府，就让人偷偷地给其送信。唐寅得知后，试图营救，却不料十位美女即日就被送往北京，只好在无限悔恨中作罢。朱宸濠叛乱之心日益明显，唐寅托疾佯狂，才得以回归家乡。当他找到张灵时，卧床多日的张灵一跃而起，看到唐寅带来崔莹的手迹墨宝，呕血不止，三日后病亡。唐寅安葬张灵后，将张灵仅留下的诗作与《行乞图》精心收藏。崔莹等十位美女被送到北京后不久，朱宸濠的叛乱被王守仁平息，她们也被遣送回家。当崔莹回到南昌时，父亲崔文博已经过世，家里仅有老仆崔恩。在料理完父亲的丧事后，崔莹又赶到苏州，然而心仪之人早已去世。崔莹在张灵墓前，哭喊一阵，读诗一阵，凄凄惨惨，让人目不忍睹，耳不忍闻，唐寅与老仆相继避开。然而，当他们再回来的时候，崔莹已缢死在张灵墓旁。唐寅只得将张灵原有的坟冢扩大，将崔莹安葬其中。又应了所谓"谷则异室，死则同穴"。后来，唐寅做梦，梦见崔、张二人在天堂里有情人终成眷属了。

"问世间情为何物？直教生死相许。"（元好问《摸鱼儿·雁丘词》）申纯与王娇娘、张灵与崔莹用他们的故事证明与诠释了这句爱情誓言的内涵。在物欲、肉欲横流的当今社会，生死相许的爱情弥足珍贵。

（四）多情自古空余恨

《花月痕》第十五回杜采秋给韩荷生写诗道："多情自古空余

恨，好梦由来最易醒。"这两句诗道出了自古以来，才子与佳人之间好梦难圆，甚至走向令人扼腕的悲剧。《红楼梦》（清曹雪芹著，程乙本）中贾宝玉与林黛玉之间的爱情故事，无疑最能体现上述两句诗的内涵。

贾宝玉（程乙本）

宝、黛的爱情故事是从一个美丽的神话开始的。故事讲的是在西方灵河岸上的三生石畔，有一株绛珠草，在赤霞宫的神瑛侍者的殷勤浇灌下，由草变成人，而且还是个女儿身。于是，这位绛珠仙子许下诺言，将用一生的泪水去偿还神瑛侍者的恩情。这就是"绛珠还泪"的神话传说，也是宝、黛二人的前世宿因。这个神话与宿因至少预示着以下几个方面的重要内容：一是宝、黛的爱情是木石前盟；二是宝、黛的爱情是偿还前世之债的过程；三是黛玉将泪尽而逝；四是黛玉爱哭的个性及弱不禁风的体质。

宝、黛的爱情正式开始于《红楼梦》第三回，即林黛玉进贾府，或称黛玉离父进京都。林黛玉的父亲是林如海，母亲是贾敏。林如海是苏州人氏，出身世禄家族及书香门第，在考中探花后，迁为兰台寺大夫，钦点为扬州巡盐御史。贾敏为贾母之女、贾赦与贾政之妹、贾宝玉的姑妈。他们生有一子，三岁早夭，黛玉即被视为掌上明珠。关于林黛玉进贾府的原因，主要有两方面：一是其母贾敏过世，无人照顾；二是自身体弱多病，需要照顾。另外，值得关注的是林黛玉进贾府的年龄，据小说第二回与第三回推测，黛玉当时年仅 6 岁，宝玉比黛玉大一岁，当时 7 岁。这两个童男玉女，凭着早慧，开始了令人惊艳的爱情旅程。黛玉进入贾府的那天，第一个拜见的是自己的外祖母贾母。在一番嘘寒问暖、悲情落泪之后，贾母还引见了四拨贾府的主子，但宝玉一直未出现。这或许是作者的高明之处，让最为重要的人物最后出场，如同压轴大戏一般。晚饭时分，宝玉终于出现了。令人惊奇的是，宝、黛二人第一次相见，各自都有似曾相识之感。黛玉称"好生奇怪，倒像在那里见过一般，何等眼熟到如此"，宝玉则直呼"这个妹妹我曾见过的"。这或许是前世因缘，或许是人们惯称的一见钟情。应该说，宝、黛二人的初次见面即埋下了爱情的种子。

小说作者并没有让宝、黛的爱情顺风顺水地发展，而是让其跌宕起伏。改变宝、黛爱情局面的，是薛宝钗的到来。薛宝钗有一母一兄，父亲早亡。其母薛姨妈是王夫人的妹妹、贾宝玉的姨妈。其兄薛蟠有"呆霸王"之称，确为名副其实。薛宝钗暂住贾府，是为备选"才人、赞善"之职。所谓才人、赞善，即为那些

林黛玉（程乙本）

公主、郡主的陪读。不料备选未成，薛宝钗由暂住人口变成常住人口了。这样，自然对宝、黛的爱情构成了一定的威胁。小说第五回所谓的宝、黛之间的"求全之毁、不虞之隙"，即或是宝钗带来的结果。

宝、黛、钗三人的感情纠葛，在小说第八回出现第一次爆发。这一回的重要关目是金玉良缘。当时，宝玉去看望宝钗，他们相互观看各自佩带的饰物——通灵宝玉和璎珞金锁。其中最引人注目的是，通灵宝玉刻有的"莫失莫忘，仙寿恒昌"与璎珞金锁刻有的"不离不弃，芳龄永继"，完全是天生的一对。而这种天生的一对，却通过婢女莺儿说出，既显得自然，又避免尴尬。接下来，宝玉又闻到宝钗服用"冷香丸"的气味，提出一些痴傻要求。正当此时，黛玉来了，看到他们二人走得颇为亲近，醋意或多或少还是有点的。针对上述的两个情节，脂本第五回回目题为"比通灵金莺微露意　探宝钗黛玉半含酸"，是颇为恰当的。自宝钗进贾府后，贾府上下即盛传金玉良缘了。

宝、黛爱情除了受到来自薛宝钗的冲击，二人自身也是矛盾

重重，如第十七回的误铰香
囊。当时，贾宝玉在"大观园
试才题对额"中表现得相当不
错，贾政虽贬实褒。而那些跟
班小厮却要赏，将贾宝玉佩带
的饰物全都摘去。林黛玉得知
后，非常生气，拿一把剪刀，
铰那只即将做好的香囊，当铰
到一半的时候，贾宝玉从怀里
掏出荷包。"林黛玉见他如此
珍重，带在里面，可知是怕人
拿去之意，因此又自悔莽撞，
未见皂白，就剪了香袋，因此

薛宝钗（程乙本）

又愧又气，低头一言不发。"这次误会之后，宝、黛爱情更进一
步。于是，在第十九回中，宝、黛二人出现了不可多得的温馨场
面，正如此回回目所云"意绵绵静日玉生香"。然而，这种温馨
背后却蕴藏着更大的暴风雨。

　　小说第二十回描写了宝、黛之间的一次大争吵。争吵的起因
是史湘云的到来。当时贾宝玉在薛宝钗那里，听说史湘云来了，
就赶往贾母处，而林黛玉也在此。林黛玉就问贾宝玉从何处而
来，贾宝玉如实相告。林黛玉顿时醋意大发，说："我说呢，亏
在那里绊住，不然早就飞了来了。"贾宝玉反驳道："只许同你

顽，替你解闷儿。不过偶然去他那里一趟，就说这话。"林黛玉一听贾宝玉如此说，更是气不打一处来，道："好没意思的话！去不去关我什么事，我又没叫你替我解闷儿。可许你从此不理我呢！"说完，林黛玉回房去了。贾宝玉又跟着进来。然后，双方又说了一通寻死觅活的话。最后，还是贾宝玉一番掏心窝的话，让林黛玉彻底消气。贾宝玉是这样说的：

> 你这么个明白人，难道连"亲不间疏，先不僭后"也不知道？我虽糊涂，却明白这两句话。头一件，咱们是姑舅姊妹，宝姐姐是两姨姊妹，论亲戚，他比你疏。第二件，你先来，咱们两个一桌吃，一床睡，长的这么大了，他是才来的，岂有个为他疏你的？

"亲不间疏，先不僭后"，实际上是贾宝玉给林黛玉吃的一颗定心丸，打消了林黛玉之前的种种疑虑。一场暴风骤雨，基本结束。但是，史湘云的到来，又让林黛玉重新燃起了对薛宝钗的敌意。在林黛玉嘲笑史湘云口吃后，史湘云道："他再不放人一点儿，专挑人的不好。你自己便比世人好，也不犯着见一个打趣一个。指出一个人来，你敢挑他，我就伏你。"黛玉忙问是谁。湘云道："你敢挑宝姐姐的短处，就算你是好的。我算不如你，他怎么不及你呢。"黛玉听了，冷笑道："我当是谁，原来是他！我那里敢挑他呢。"好在贾宝玉一番劝说，事情才算过去。

史湘云的出现，新添了对于木石前盟的冲击与威胁。史湘云为贾母的侄孙女，自幼父母双亡，即其判词所云"襁褓之间父母违"，其叔父史鼎将其养大成人。史湘云在小说第二十回中正式出场。但在出场后不久，也就是在第二十二回中就使得她与宝、黛二人的关系一度紧张。那天是宝钗的生日，贾母特地请来戏班唱戏为其庆祝。其中，有一个小旦的长相与黛玉非常相似。王熙凤

史湘云（程乙本）

说："这个孩子扮上活像一个人，你们再看不出来。"宝钗心知肚明，只是笑而不语。宝玉也猜着了，更不敢说。倒是心直口快的史湘云说出："倒像林妹妹的模样儿。"宝玉听了，忙把湘云瞅了一眼，使个眼色。湘云的快言快语得罪了黛玉，而宝玉使眼色的动作又得罪了湘云。接下来，宝玉像个救火队员一样，一会儿去向湘云解释并赔不是，一会儿又去黛玉那里百般劝慰。结果当然是宝玉两头受气。这次冲突还仅仅是个开始，小说第三十一回、第三十二回的金麒麟传说更是让人猜测宝玉与湘云的关系。湘云自幼佩带有一只雌性麒麟，而宝玉也拥有一只，是只雄性麒麟，

是张道士送给贾府的贺礼之一。然而，宝玉却不小心弄丢了，被湘云的丫环翠缕拾到并交给湘云。其实，宝玉这只麒麟本来也是准备送给湘云的。史湘云得到，也算是物归原主。

宝、黛爱情在外界因素的干扰下，继续向前发展。第二十三回是个关键点。自此回开始，贾宝玉同林黛玉、薛宝钗，以及李纨、贾迎春、贾探春、贾惜春等，奉元妃之命搬入大观园居住。在这个相对纯洁的理想王国，宝、黛之间的爱情之花开始绽放出娇艳的色彩。在大观园里，美景如画，美女如云。这些美的事物刺激了贾宝玉荷尔蒙的产生，催生着贾宝玉青春的躁动。按照小说的描写，此时的贾宝开始有"心事"了，而且出现了由性与情的觉醒而引起的苦闷。深谙主子心事的茗烟，找来了大量的野史、小说、戏剧等，而这些"闲书"描写的爱情故事，对于正处在恋爱之中的贾宝玉，无疑如久旱逢甘露一般。当贾宝玉在沁芳闸桥边的一块石头上，如饥似渴地阅读《西厢记》时，不料被林黛玉发现。怀春少女林黛玉，当然不会轻易放过这次阅读"闲书"的机会。不到一顿饭的工夫，林黛玉即将此书看完。接下来，就是宝、黛二人借戏谈情。当贾宝玉说道："我就是个'多愁多病身'，你就是那'倾国倾城貌'。"这明显是将自己比喻成张生，将林黛玉比喻成崔莺莺。林黛玉当然心领神会，不免害臊起来，"带腮连耳通红，登时直竖起两道似蹙非蹙的眉，瞪了两只似睁非睁的眼，微腮带怒，薄面含嗔"。林黛玉假装要将贾宝玉"欺负"自己的情况，告诉贾政与王夫人。贾宝玉在情急之下，向林黛玉发誓，如有心欺负，自己将变成一只大乌龟。此种誓言不仅引发林黛玉之笑，也引发读者之笑。这是宝、黛二人情感的相互试探，又是他们真切情感的互动。

　　贾宝玉的爱情苦闷在"闲书"中找到寄托，在林黛玉身上找到回应。而此时的林黛玉也开始出现爱情苦闷的现象。当贾宝玉被袭人叫走后，林黛玉准备回房休息，却在梨香院的墙角处，听到了《牡丹亭》最为精美的几段唱词。每听一段，情感变化一次。当听到"良辰美景奈何天，赏心乐事谁家院"时，是"点头自叹"；当听到"则为你如花美眷，似水流年"时，是"心动神摇"；当听到"你在幽闺自怜"时，是"如醉如痴，站立不住"。同时，又想到古人的诗句"水流花谢两无情"，以及南唐李后主的词"流水落花春去也，天上人间"，还有《西厢记》里的"花落水流红，闲愁万种"等。林黛玉不禁感伤落泪，心痛神痴。这种因爱而引起的苦闷，继续在林黛玉身上延续。比如贾宝玉出门一天，她就觉得闷闷的，没有一个人说话；又如第二十五回在探望被烫伤的贾宝玉后，林黛玉闷闷地回到屋子里；再如第二十六回的春困幽情。凡此种种，尽显怀春少女内心的复杂。不过，在林黛玉为爱苦闷期间，王熙凤首次拿她与贾宝玉的爱情打趣，继而众人也打趣起来。宝、黛爱情也因此由晦而显，并得到众人的认可。这无疑让林黛玉羞在脸上、甜在心里。

　　宝、黛爱情在贾府里虽然已然显性，但贾元春的端午礼物，还是让林黛玉倍感紧张。在第二十八回中，贾元春从宫中赐端午

节礼，贾宝玉与薛宝钗的礼物品种与数量完全一致，即宫扇两
柄、红麝香珠二串、凤尾罗二端、芙蓉簟一领。而林黛玉的仅与
贾迎春、贾探春、贾惜春三姐妹一样，只有扇子和数珠。这些礼
物的赐予，反映了贾元春的思想倾向，那就是有意撮合贾宝玉与
薛宝钗，林黛玉明显感到压力巨大。而第二十九回中的张道士提
亲，无疑又将宝、黛的关系推向了危险的边缘。这次提亲虽被贾
母婉言拒绝，但贾宝玉生气了，将自己佩带的通灵宝玉摔在地上
了，还发誓再也不见张道士了，而林黛玉则生病了。这次宝、黛
之间的大吵闹，从根本上说还是他们没有摆脱金玉之说的阴影。
当然，最后是在贾宝玉主动登门的情况下，宝、黛二人和好如
初，在感情上更进一步。特别是在第三十二回中，史湘云劝告贾
宝玉参加科举考试，被贾宝玉下达逐客令，并赞美林黛玉道：
"林妹妹不说这样混帐话，若说这话，我也和他生分了。"林黛玉
听后，小说有一段精彩的心理描写：

    林黛玉听了这话，不觉又喜又惊，又悲又叹。所喜者，果然
自己眼力不错，素日认他是个知己，果然是个知己。所惊者，他
在人前一片私心称扬于我，其亲热厚密，竟不避嫌疑。所叹者，
你既为我之知己，自然我亦可为你之知己矣，既你我为知己，则
又何必有金玉之论哉；既有金玉之论，亦该你我有之，则又何必
来一宝钗哉！所悲者，父母早逝，虽有铭心刻骨之言，无人为我
主张。况近日每觉神思恍惚，病已渐成，医者更云气弱血亏，恐

致劳怯之症，你我虽为知己，但恐自不能久待，你纵为我知己，奈我薄命何！想到此间，不禁滚下泪来。

这说明贾宝玉已将林黛玉视为知己，林黛玉当然是感激不尽。当林黛玉正准备回去时，贾宝玉从屋子里出来看见了双眼红肿的林黛玉。于是，开始了一段有名的"诉肺腑"情节：

（宝玉）笑道："妹妹往那里去？怎么又哭了？又是谁得罪了你？"林黛玉回头见是宝玉，便勉强笑道："好好的，我何曾哭了。"宝玉笑道："你瞧瞧，眼睛上的泪珠儿未干，还撒谎呢。"一面说，一面禁不住抬起手来替他拭泪。林黛玉忙向后退了几步，说道："你又要死了！作什么这么动手动脚的！"宝玉笑道："说话忘了情，不觉的动了手，也就顾不的死活。"林黛玉道："你死了倒不值什么，只是丢下了什么金，又是什么麒麟，可怎么样呢？"一句话又把宝玉说急了，赶上来问道："你还说这话，到底是咒我还是气我呢？"林黛玉见问，方想起前日的事来，遂自悔自己又说造次了，忙笑道："你别着急，我原说错了。这有什么的，筋都暴起来，急的一脸汗。"一面说，一面禁不住近前伸手替他拭面上的汗。宝玉瞅了半天，方说道"你放心"三个字。林黛玉听了，怔了半天，方说道："我有什么不放心的？我不明白这话。你倒说说怎么放心不放心？"宝玉叹了一口气，问道："你果不明白这话？难道我素日在你身上的心都用错了？连

你的意思若体贴不着,就难怪你天天为我生气了。"林黛玉道:
"果然我不明白放心不放心的话。"宝玉点头叹道:"好妹妹,你
别哄我。果然不明白这话,不但我素日之意白用了,且连你素日
待我之意也都辜负了。你皆因总是不放心的原故,才弄了一身
病。但凡宽慰些,这病也不得一日重似一日。"林黛玉听了这话,
如轰雷掣电,细细思之,竟比自己肺腑中掏出来的还觉恳切,竟
有万句言语,满心要说,只是半个字也不能吐,却怔怔的望着
他,此时宝玉心中也有万句言语,不知从那一句上说起,却也怔
怔的望着黛玉。两个人怔了半天,林黛玉只咳了一声,两眼不觉
滚下泪来,回身便要走,宝玉忙上前拉住,说道:"好妹妹,且
略站住,我说一句话再走。"林黛玉一面拭泪,一面将手推开,
说道:"有什么可说的,你的话我早知道了!"口里说着,却头也
不回竟去了。

一句"你放心",包容了贾宝玉对林黛玉所有的爱意,丝毫
不亚于今人所说的"我爱你"。此时的宝、黛爱情已由情感交流
升华至心灵交融的高度。经过这件事,宝、黛二人再未吵闹过。
到第四十二回,钗、黛二人也消除了之前的矛盾,关系逐渐缓
和。按照这种节奏,宝、黛爱情似乎会有一个比较完美的结局。
不过令人遗憾的是,曹雪芹撰写的八十回并未交代。我们只能从
判词与梦曲大致可以推测,宝、黛二人最终未能走到一起,正如
《枉凝眉》所云:"若说没奇缘,今生偏又遇着他;若说有奇缘,

如何心事终虚化？"而高鹗在续书中，将林黛玉的结局设置为呕血而亡，将贾宝玉的结局设置为与薛宝钗成婚后又遁入空门。这些情节或许具有曹雪芹残稿的些许内容。

综观宝、黛爱情的发展与结局，我们有哪些思考呢？一是宝、黛爱情能否成为一种爱情范式？宝、黛爱情演绎的就是那种摆脱俗套而追求契合的心灵交融。这种爱情模式其实道出了爱情的内核与真谛，是真正意义上的爱情，可以称作一种范式。但是，爱情又往往会受到其他因素的干扰，常常走向现实化，甚至是庸俗化。所以，这种爱情模式只能称为理想爱情范式。二是导致宝、黛爱情悲剧有哪些因素？从内因上说，贾宝玉是命运悲剧，林黛玉是性格悲剧，而薛宝钗是形势悲剧。"无材可去补苍天，枉入红尘若许年"注定了贾宝玉的悲剧命运，"步步留心，时时在意"与尖酸刻薄决定了林黛玉的悲剧性格，备选才人、赞善不成造成了薛宝钗的悲剧形势。从外因上说，贾母、王夫人等家族因素，以及传宗接代的世俗观念，不允许具有真正爱情的宝、黛二人走到一起。

三、帝王后妃篇

北方有佳人，绝世而独立。

一顾倾人城，再顾倾人国。

宁不知倾城与倾国，佳人难再得！

——（汉）李延年《北方有佳人》

据《汉书·外戚传上》记载，上述诗歌是李延年在汉武帝面前所唱。当汉武帝询问是否有此倾城倾国的佳人时，平阳公主推荐了李延年的妹妹，亦即后来的李夫人。于是，汉武帝与李夫人开始了一段著名的帝王与后妃间的佳话。而帝王与后妃间的爱情故事，在古代小说中并不鲜见。那么，让我们一起走进帝王与后妃间的爱情故事，了解这些故事当中的是是非非吧。

（一）千金买笑伤不起

烽火戏诸侯的故事，或许大家耳熟能详，但它最早记载于何处？是否实有其事呢？关于第一问，学界已考证，这一故事最早记载于司马迁的《史记·周本记》：

> 褒姒不好笑，幽王欲其笑万方，故不笑。幽王为烽燧大鼓，有寇至则举烽火。诸侯悉至，至而无寇，褒姒乃大笑。幽王说之，为数举烽火。其后不信，诸侯益亦不至。幽王以虢石父为卿，用事，国人皆怨。石父为人佞巧善谀好利，王用之。又废申后，去太子也。申侯怒，与缯、西夷犬戎攻幽王。幽王举烽火征兵，兵莫至。遂杀幽王骊山下，虏褒姒，尽取周赂而去。于是诸侯乃即申侯而共立故幽王太子宜臼，是为平王，以奉周祀。

但有一个疑问，那就是这个故事为何到汉代才有记载，在先秦文献中却没有记载呢？这里要先提一句，先秦文献已有褒姒灭周的记载与描写，如《国语·郑语》即有褒姒出身的记述，《天问》有"周幽谁诛？焉得夫褒姒"，《诗经·小雅·正月》有"赫赫宗周，褒姒灭之"等等。但是，这些先秦文献均未提及烽火戏诸侯的故事。近些年来，学界又依据清华简，认为烽火戏诸侯在历史上根本不存在，只不过是小说家言。即使是小说家言，其"始作俑者"正是《史记》。正是因此，后人在演绎这段故事时，也将《史记》作为重要依据。

通俗小说较早描写这一故事的，当为明代余邵鱼的《列国志传》，同时代的冯梦龙在此基础上进行增补删除，形成《新列国志》，清代蔡元放又在《新列国志》的基础上进行删改润色，并加入夹注与评点，改名为"东周列国志"。本文依据的小说底本是《东周列国志》。这个故事在小说的第一回至第三回。故事首先要从褒姒的出身说起。

褒姒图（清人马骀绘）

褒姒的出身颇为传奇，具有神话色彩。其一是前世的龙漦（音"池"）因缘。所谓龙漦，即是龙的唾液。这需要追溯至夏桀时期。当时夏廷突现二龙，自称褒地二君。君臣恐慌，占卜之，藏龙漦为吉。于是，群臣拜祭，收集龙漦，并藏于金椟。至周厉王时，不小心流出，化为一只小玄鼋，入王宫后不见踪迹。其二是其母履足而孕。当时一宫女，脚踏玄鼋足迹而孕，且怀胎四十余年，于周宣王时诞下一女婴，此女婴即后来的褒姒。其三是大难不死。褒姒诞生后，其母认为其为不祥之物，弃之于清水河。在救命恩人到来之前，这个弃婴被众鸟喂养。最后，女婴被一位劫后余生之人救起。此人即是童谣所称"檿弧箕箙，几亡周国"之人，当时正被朝廷通缉捕杀。后来，此人奔褒地，因无力抚养弃婴，又将其送养于没有子女的姒大。于是，女婴始有褒姒之名。

从褒姒具有神话色彩的出身，我们可以看出，其与《诗经·生民》描写的大周始祖后稷有诸多相似之处，如其母都是履足而孕，都被母亲认为是不祥之物而被抛弃，都是大难不死。不知这种相似，是一种巧合，还是一种讽刺，或者是一种模仿。在此需要说明的是，褒姒出身之事，史有记载，早在《逸周书·训语》中即已出现，《国语·郑语》称引并丰富之。

褒姒入宫是一次偶然。褒姒虽然貌美如仙，却是"养在深闺人不识"。有一次，褒姒如平常一样，出门汲水，却不料被征收租税的褒洪德看见。这一相遇，改变了褒姒的命运，也改变了大周的命运。当时褒洪德的父亲褒响，因直谏周幽王而身陷囹圄。褒洪德为救其父，与母亲商量，用钱帛购买美色，以投幽王所好。母亲同意后，褒洪德用三百匹布帛，从姒大手中买下褒姒。接着，褒洪德开始了献美前的准备工作，制订了详细的调养与培训计划，如让褒姒每天用香水沐浴，每餐饮食精美，衣着时时鲜丽。同时，还有专职人员培训其礼仪、舞蹈、音乐。经过短期的强化训练包装之后，褒姒从不能登大雅之堂的村姑，俨然变成一位举止优雅的闺秀。然而，在所有的培训当中，唯独缺失了微笑的培训。这一培训的缺失，不知是褒洪德的严重失误，还是大周王朝的命数。

在所有准备工作就绪后，褒洪德还面临着一个问题，那就是罪臣之子不能接触帝王。打通关节，是此时褒洪德必须要先完成的任务，而奸佞虢石父无疑成为褒洪德的首选。打通关节之后，接下来就是献美计划中的最后一个环节，也是关系成败的环节，那就是周幽王的面试。在面试现场，褒姒有着绝佳的表现。首先，褒姒以其轻盈优美的舞姿让幽王彻底折服，接着又以倾城倾国之貌让幽王龙颜大悦。至此，献美计划大功告成，褒洪德实现了救父的目的。然而，留给大周王朝的却是无穷的灾难。

首先是后宫的争斗。自周幽王对褒姒"三千宠爱在一身"后，作为王后的申后开始了自己的反击。她先是带着一群宫女，径直来到琼台，也就是褒姒与幽王的居住地，向幽王讨要说法。当她到达琼台时，看到幽王与褒姒促膝而坐，顿时怒火中烧，破口大骂褒姒："你是何方贱人，竟敢在后宫作乱？"当时幽王生怕申后有过激的举动，用身体护着褒姒，向申后解释道："这是我新近招纳的美人，名叫褒姒，由于身份尚未明确，还没有来得及拜见你，你千万不要生气啊。"申后又骂了一通，便愤愤然离开了。褒姒被这一突如其来的场面弄得有些懵。当申后离开之后，褒姒才回过神来，问及幽王，得知刚才骂自己的女人就是母仪天下的王后。显然，有些冲动的申后为自己埋下了祸患的种子。

申后在幽王那里并没有得到任何安慰，于是来到太子宜臼处诉苦。宜臼就是后来的周平王，东周的第一任君主。当时，宜臼见母亲如此委屈，心中的怒火一下就被点燃了，他安慰母亲："明天是初一，父王必然上朝，褒姒只身在琼台。你假扮成宫女，去琼台采摘花草，引褒姒出来。然后，我再将褒姒暴打一顿，以替母亲出气。即使父王怪罪，也全是我一个人的责任。"申后虽百般劝阻，但太子仍固执己见，申后只得配合。假扮宫女的申后与其他宫女来到琼台，对着那些盛开的花朵一通乱采。当琼台的宫女出来理论时，申后的宫女说是奉正宫的旨意采摘的。正在双方宫女闹得不可开交时，褒姒出来了。躲在一旁的太子见褒姒出现，不由分说就是一顿拳打脚踢。众宫女见太子打得有些眼红，怕闹出人命，一齐跪下，请求太子饶过褒姒。太子只得住手。其实，太子暴打褒姒与申后辱骂褒姒，都是冲动的表现，都是用简单粗暴的方法来处理极其复杂的问题，都为自己埋下了祸根。果不其然，在得知太子暴打爱妃后，幽王当即将太子遣送至申国，听候申侯的训诫。申侯即申国的侯爵，姜姓，为当朝的国丈，申后的父亲，宜臼的外公。

自古以来，辱骂与暴打都不能真正地解决问题，相反，还常常会引火上身。太子这次暴打褒姒的行为，加速了幽王废除王后与太子的步伐。褒姒被暴打之后，幽王得知其已怀孕两个月。八个月之后，褒姒诞下一子，名曰伯服。幽王爱屋及乌，对于他与褒姒的爱之结晶，更是爱如珍宝。母子双双被宠爱，褒姒开始滋生僭越的想法，而善于揣摩其意的虢石父与尹球，也开始为褒姒出谋划策。他们如同伺机的猛虎一样，静静地等待着绝佳机会的到来。不久，机会来了。这个机会就是申后写给太子的密信。申后在密信中称：现在天子无道，宠幸妖女，让我们母子分离，而妖女又生一子，更加得宠。希望太子能上表谢罪，回归东宫，让我们母子团聚，然后另作打算。特别是"另作打算"，意味深长。

如果此密信能顺利地送给太子，那么结局与历史或将要重新改写。然而，密信在由一位御医传送时，被褒姒安排的守宫门者搜出。于是，申后的计划暴露无遗。这种密信被搜出，其后果就不言而喻了。

在人证、物证的交叉印证下，幽王确认此密信的可信性。那么，如何启动废除王后与太子的程序呢？褒姒与虢、尹二人商定，由幽王提议，虢、尹二人奏请。当然，幽王这边的工作主要是由褒姒来完成，在一番枕边风的吹拂之下，幽王这里已经没有障碍，在第二天的早朝行将结束的时候，幽王正式在众大臣面前公布申后的密信，提议废除申后。这时，虢石父第一个站出来，奏道："王后乃后宫之主，即使有罪，亦可原谅。但如果在品德方面出现问题，那是不可饶恕的。"尹球接着奏道："褒妃自入宫以来，方方面面表现甚佳，可入主后宫。"虢、尹二人一唱一和，颇合幽王心意。幽王接着提出第二问题，那就是太子宜臼该如何处置。这时候，虢石父再次奏道："常言道：'母以子贵，子以母贵。'既然申后被废，太子理应被废。"这样，在这次朝议当中，褒姒正式由妃升格为后，其子伯服也由王子升格为太子。幽王的一废一立，无疑是在为自己的未来挖掘坟墓。

后宫的争斗以褒姒的胜利而暂告段落。然而，褒姒却从未因斗争的胜利而喜悦过，特别是从来没有灿烂地笑过一次。当年褒洪德礼仪培训的"疏忽"，无疑在此时给幽王带来了无尽的烦恼。如何博得美人一笑？幽王对此可谓煞费苦心，然而，所有美妙的音乐与炫目的舞蹈，并没有使褒姒提起半点兴趣。这时，幽王从褒姒处得知，她从小喜欢听撕裂彩帛的声音，于是弄来大量的彩帛，让宫女撕扯。然而，幼时的爱好，对于现在已成为王后的褒姒来说，似乎有些遥远而仍未能奏效。

此时的幽王真可谓黔驴技穷了，最后使出杀手锏，那就是悬赏千金，只为博褒姒一笑。重金之下，必有勇夫。这个勇夫就是与褒姒沆瀣一气的虢石父。虢石

烽火戏诸侯（清代天津杨柳青年画）

父提出一个大胆的想法，那就是"烽火戏诸侯"。这种想法颇有创意，却是拿大周王朝的命运在赌博。试想烽火作为外敌入侵时的求救信号，如果将其作为儿戏，那是一个多么严重的后果，就如同"狼来了"的故事一样，当狼真的来了，只有坐等被吃的命运。这种异想天开的想法，却获得了幽王的首肯。这也是其在后代留下昏君名声的直接证据。不过，当时也出现了一个反对的声音，那就是郑伯友的阻谏。此人原名姬友，因封地在郑，且封伯爵，故有郑伯友之谓。他是厉王的幼子，宣王的异母弟弟，幽王的叔叔。郑伯友动之以情、晓之以理，然而幽王并没有接受其谏议。在虢石父等人的安排下，骊山烽火四起，且鼓声震天，看到烽火的京都附近的诸侯，以为外敌入侵，纷纷拿起武器，连夜向

骊山集结。当这些诸侯赶到骊山时，得到的幽王的答复却是"幸无外寇，不劳跋涉"，意思是说现在没有外敌，你们辛苦了，回去吧。这些勤王的诸侯们都惊呆了，一种被戏弄、被侮辱的感觉油然而生。各自怀着愤愤之情，回到了自己的领地。而此时褒姒在楼上看到诸侯心急火燎地赶来，又灰头土脸地撤回，不禁笑了起来。这一迟到的笑声，让幽王无比开心。当然，幽王并没忘记献妙计的虢石父，兑现了他之前承诺的悬赏千金。这也就是后来"千金买笑"的典故。如果纯粹从爱情的角度来考虑，幽王想尽办法让褒姒高兴起来，这本身是没有错的。但幽王不惜牺牲国家利益以讨心爱之人的欢心，这就成为大周王朝的罪人。

在千金买笑的闹剧之后，申侯上奏幽王，对幽王的废立举动颇有微词，直接将他和褒姒比喻成历史上的夏桀和妹喜、商纣与妲己，并警告幽王，如果长此以往，国将不国。幽王勃然大怒，削夺了申侯的爵位，并准备以虢石父为将，兴师讨伐申国。正在幽王备战期间，申侯获得了幽王将要进兵的密报，颇为恐慌。大夫吕章认为，幽王无道，废嫡立庶，此为失道者；而申侯借犬戎兵，救王后，传天子位于太子，此为得道者。失道寡助，得道多助。经过一番理论构建，申侯联合犬戎兵，打着讨逆的旗号，在幽王起兵之前开始了军事行动。军事行动的结果是幽王、伯服被杀，褒姒被掳，太子称王，自此东周王朝兴起。

综观烽火戏诸侯的故事，给我们几点启示：一是"祸兮，福之所倚；福兮，祸之所伏"。祸福之间的转换，让人生颇有戏剧

性与故事性。祸时不自弃，福时不得意。二是简单粗暴地处理问
题，只会让事情越来越朝相反的方向发展。申后与太子被废就是
深刻的教训。三是爱到荒唐伤不起。为爱付出，这是爱的基本法
则，但爱到荒唐，就超出了度。如果仅是普通个人，那伤不起的
可能只局限于个人与家庭，如果是一国之君，那伤不起的则不仅
仅是个人与家庭，还包括江山社稷。

（二）走不出金屋的陈阿娇

汉武帝刘彻在古代众多帝王当中，无论文治还是武功，均可
称得上佼佼者，比如罢黜百家、独尊儒术，击溃匈奴，沟通西域
等。不仅如此，汉武帝在爱情方面也有诸多收获，演绎了不少浪
漫的故事，其中他与陈阿娇的爱情故事，更是成为后代诗词歌赋
咏唱的重要题材。据不完全统计，题为"长门怨"的诗歌即达十
首以上。而古代小说在这方面的描写，也没有缺位。《汉武故事》
与《情史·长门赋》就是其中代表。

我们首先来看《汉武故事》（《文渊阁四库全书·古今说海》
本）的描写：

汉景帝王皇后，槐里王仲女也，名姝儿。母臧氏，臧荼孙
也。初为仲妻，生一男两女。其一女即后也。仲死，更嫁长陵田
氏，生二男。后少孤，始嫁与金王孙，生一男矣。相工姚翁善相

明代石刻中的陈阿娇

人，千百弗失，见后而叹曰："天下贵人也！当生天子。"田氏乃夺后归，纳太子宫，得幸。有娠，梦日入怀。景帝亦梦高祖谓己曰："王美人得子，可名为彘。"及生男，因名焉。是为武帝。帝以乙酉年七月七日旦生于猗兰殿。年四岁，立为胶东王。少而聪明，有智术。与宫人诸兄弟戏，善征其意而应之，大小皆得其欢心。

及在上前，恭敬应对，有若成人，太后下及侍卫咸异之。是时，薄皇后无子，立栗姬子为太子。长公主嫖有女，欲与太子婚。栗姬妒，宠少衰。王夫人因令告栗姬曰："长公主前纳美人，得幸于上，子何不私谒长公主结之乎？"时诸美人皆因长公主见得贵幸也。故栗姬怒，不听，因谢长公主，不许婚。长公主亦怒，王夫人因厚事之。长公主更欲与王夫人男婚，上未许。后长主还宫，胶东王数岁，长公主抱置膝上，问曰："儿欲得妇否？"长主指左右长御百余人，皆云"不用"。指其女："阿娇好否？"笑对曰："好！若得阿娇作妇，当作金屋贮之。"长主大悦，乃苦要上，遂成婚焉。皇后既废，栗姬次，应立，而长主伺其短，辄征白之。上尝与栗姬语属诸姬子，曰："吾百岁后，善视之。"栗姬怒，弗肯应，又骂上"老狗"。上心衔之，未发也。长主日谮之，因誉王夫人男之美。王夫人阴告长主，使大臣请立栗姬为后。上以为栗姬讽之，遂发怒，诛大臣，废太子为王。栗姬自杀。遂立王夫人为后，胶东王为太子。时年七岁。上曰："彘者彻也。"因改曰彻。

太子年十四，即位，改号建元。长主伐其功，求欲无厌，上患之，皇后宠亦衰。皇太后谓上曰："汝新即位，先为明堂，太皇太后已怒，今又忤长主，必重得罪。妇人性易悦，深慎之。"上纳太后戒，复与长主和，皇后宠幸如初。建元六年，太皇太后崩，上始亲政事。好祀鬼神，谋议征伐。长主自伐滋甚，每有所求，上不复与。长主怨望，愈出丑言。上怒，欲废皇后，曰："微长公主，弗及此，忘德弗祥，且容之。"乃止。然皇后宠遂衰，骄妒滋甚。女巫楚服，自言有术能令上意回。昼夜祭祀，合药服之。巫著男子衣冠帻带，素与皇后寝居，相爱若夫妇。上闻，穷治侍御，巫与后诸妖蛊咒咀，女而男淫，皆伏辜。废皇后，处长门宫。后虽废，供养如法，长门无异其他宫也。

在刘彻与陈阿娇这段著名的帝后之恋背后，分别站着一位不同凡响的母亲。所以，我们首先还是从他们的母亲开始讲起。汉武帝母亲的名字叫什么？《史记》与《汉书》均未记载，直到晋代皇甫谧《帝王世纪辑存·汉第七》（今人徐宗元辑）才记为"王娡"。唐代司马贞为《史记》作索隐时即引用皇甫谧之说。而

作为小说的《汉武故事》则记作"王姝儿"。据刘文忠考证，
《汉武故事》的作者大约生活在汉献帝建安前后。由此可见，在
史书记载王娡之前已有王姝儿之说。汉代史家著史时为何均未记
载其名，现在不得而知。不过，娡、姝二字形似，皇甫谧或借鉴
《汉武故事》亦未可知。本文在此采用"王姝儿"之名。

王姝儿画像

王姝儿出生在离长安（今
陕西西安）不远的槐里（今陕
西兴平），其父为王仲，其母
为臧氏，亦即史书所载的"臧
儿"。臧氏为秦末大将臧荼的
孙女。臧氏与王仲生有一男两
女，一男是指王信，两女是指
王姝儿和王儿姁，两女先后入
宫，做了汉景帝刘启的妃嫔。
王仲死后，臧氏改嫁田氏，生下田蚡、田胜。这样，汉武帝就有
一位王姓舅舅，两位田姓舅舅，一位王姓姨妈。王姝儿如同其母
一样，也有两段婚姻，先嫁金王孙，生了一个儿子（《史记》记
载是女儿）。这时候改变王姝儿命运的人物出现了，那就是相面
高人姚老汉。姚老汉告诉臧氏说："你这两个女儿啊，都是大富
大贵之人，特别是大女儿，将来是要生天子的。"臧氏被姚老汉
这一番话说得激动不已，立马将王姝儿从金家接回，按照现在的
说法，就是让王姝儿主动与金家离婚。金家当然不肯，臧氏直接

将王姝儿送到太子宫里，当时的太子即后来的汉景帝刘启。于是，王姝儿开始了自己的第二段婚姻。在太子宫，王姝儿凭借自己美丽的容貌和出众的智慧，博得了刘启的宠幸，并怀上了龙种。据说王姝儿在怀上汉武帝时，梦见太阳入怀了，这是吉星高照的表现，也是非凡人物将要出世的征兆。同时，刘启还梦见爷爷刘邦告诉他："你与王美人生的儿子，就叫彘吧。"这样，汉武帝的初名为刘彘。彘者，猪也。当汉武帝七岁做太子时，汉景帝可能嫌其意不雅，并认为彘、彻相通，于是改彘为彻。汉景帝这种更名既照顾到爷爷的托梦之意，又让太子有个好听的正式名字。

与汉武帝相比，陈阿娇则有一个出身高贵的母亲。陈阿娇的母亲刘嫖，为汉文帝刘恒与窦皇后所生，是汉文帝的长女，故称大长公主，因其封邑在馆陶（今河北馆陶），又称馆陶公主。陈阿娇的父亲陈午，是汉初陈婴之孙，世袭堂邑侯。陈午与刘嫖育有二男一女，这女儿小名就叫阿娇。刘嫖凭借其嫡出长女的身份，在女儿婚事上颇多功利，犹如臧氏对于女儿王姝儿的婚姻一样。当时，汉景帝的薄皇后无子，立栗姬的儿子刘荣为太子。刘嫖有意将阿娇许配给刘荣，看中的是刘荣以后可能会成为天子，栗姬在薄后之后可能成为皇后。但是，刘嫖的如意算盘并没有成功，因为栗姬一眼便看穿了她的动机，加上栗姬具有帝王嫔妃最为致命的缺点，那就是妒忌。这种妒忌，不断加大了栗姬与汉景帝之间的距离。在这种情况下，王姝儿曾劝栗姬可效仿其他嫔妃那样巴结刘嫖。毕竟汉景帝这位胞姐，说话的分量非同一般。栗姬并没有接受王姝儿的建议。栗姬在薄皇后被废后也没有被扶正。不仅如此，她在背后辱骂汉景帝"老狗"的话也传到了汉景帝的耳朵里。汉景帝对栗姬的一腔怒火，终于在大臣提出让栗姬为后的时候大爆发。刘荣太子之位被废，被贬为临江王。栗姬最后亦忧愤而亡。栗姬母子最终的命运，在很大程度上与刘嫖的负面游说有很大关系。而王姝儿母子的命运，则又与刘嫖的正面游说有很大关系。我们知道，王姝儿的入宫方式并不是那么光明磊落。同时，王姝儿虽与汉景帝育有一子，但排名第十，与长子刘荣不能相提并论，我们从汉景帝最初不同意刘嫖将女儿嫁给刘彻，亦可见一斑。这些先天劣势，自从王姝儿遇见刘嫖之后，便发生了重要改变：一是刘嫖在汉景帝面前不断鼓吹王姝儿的种种好处与优点，二是刘嫖执着地将自己的女儿陈阿娇嫁给刘彻。最后，王姝儿成了皇后，刘彻成了太子。此时刘彻七岁。刘嫖成就了王姝儿母子的地位，同时也巩固了自己在景、武二帝时期的地位。

汉武帝与陈阿娇的爱情，是在双方母亲的撮合下，从具有传奇色彩的金屋藏娇开始的。汉武帝在神异光环的笼罩下，于汉景帝前元元年（前156）七月初七早上，在猗兰殿诞生。这也是最早明确记录汉武帝出生时间与地点的材料，而在《汉武故事》之前的《史记》《汉书》等史书均未记载。故小说家言，也不能完全等闲视之。汉武帝自幼聪颖，且有一定的领导力。在众多小伙伴当中，基本上是孩子王，无论是长他几岁还是小他几岁者，悉数遵从其指挥。同时，他在父亲景帝面前，又是一副少年老成的模样，能从容对答父亲的任何提问。所以，在当时的汉室后宫，上至窦太后，下至侍卫，对汉武帝的早慧无不啧啧称赞。汉武帝自幼不仅表现出较高的智商，而且在情

汉武帝画像

商方面也有突出的表现。有一天，刘嫖抱着五六岁的汉武帝坐在自己的腿上，并指着当时在场的一百多个年长的宫女问道："彘儿，你想娶老婆吗？"汉武帝用童稚的声音，回答道："要娶老婆，也不是她们。"接着，刘嫖又指着自己的女儿阿娇，问道："阿娇姐姐怎么样？"汉武帝非常认真地说："如果我以后娶了阿娇姐姐，那么我就建一座黄金做的屋子，让阿娇姐姐住在里面。"刘嫖听了，大悦，并坚定了将自己女儿嫁给汉武帝的决心。其实，大家完全不必怀疑汉武帝此时的承诺。因为童言无忌，五六岁的孩子完全具有自己的审美能力与判断能力，并能将这两种能力真实地表现出来。汉景帝刚开始不同意这门婚事，但无法抵挡胞姐的死缠烂打，最终勉强同意。当时，王姝儿还处在嫔妃的地位，儿子仍然是四岁时所封的胶东王，能与大长公主攀上亲，自

然是求之不得的。这不论对儿子还是对自己都是百利无害的。在综合考虑下，王姝儿答应了这门婚事。

在汉武帝做太子时，娶陈阿娇为妃。又过了几年，汉武帝即帝位，改元建元。这里需要说明一下，史书记载汉武帝在其十六岁时继承帝位，而《汉武故事》则谓之十四岁，显然《汉武故事》是错误的。在汉武帝称帝后，陈阿娇也就水到渠成地成为第一任皇后。然而，这对帝后之间的关系，已没有儿时的两小无猜、青梅竹马的和谐了。而导致他们之间的关系越来越疏远的原因是复杂的，主要包括以下两个方面：

一是身为汉武帝的姑母兼岳母的刘嫖，在中间扮演着负能量的角色。我们知道，刘嫖在汉武帝成为太子从而登上帝位的道路上是立下汗马功劳的。然而，这位大长公主不是低调地处理过去的功劳，而是高调地显摆自己的功劳，并提出各种不合理的要求。这让汉武帝极其反感，这种反感必然会波及汉武帝与陈阿娇的关系。汉武帝开始第一次有意疏远陈阿娇。这种情况被汉武帝的母亲王姝儿及时发现了，于是劝说儿子道："儿啊，你不能这样做啊。你才刚刚坐上皇帝的位子，就修建了明堂这个重要的建筑，已使你的奶奶很不高兴了。你现在又疏远阿娇，这不是又在得罪长公主吗？如果把这对重要的母女全得罪了，以后还有好日子过吗？"经过母亲的一番点拨，汉武帝意识到疏远甚至废除陈阿娇，并不是一件容易的事。在这里，我们发现汉武帝与皇后之间的矛盾已然存在了。汉武帝在权衡利弊后，只得与长公主改善关系，与阿娇重归于好。

　　经历这次风波后，长公主并没有对自己的行为有所收敛，相反却更加肆无忌惮。汉武帝在太皇太后过世后，正式掌握大汉政权。但是，长公主一如既往地夸耀自己对武帝母子的功劳，而且，当汉武帝不能满足其要求时，则在背后说些埋怨甚至污秽不堪的话。汉武帝非常愤怒，产生了要废除皇后的想法。这时候又被母亲王姝儿制止住："没有长公主当初的帮忙，哪有你今天的地位啊。如果你想做一个忘恩负义之人，那么，这将是一个不祥的征兆。你还是忍一忍吧。"这一次汉武帝虽然没有废后，但他与阿娇之间的关系已经到了非常危险的地步了。

　　二是陈阿娇自身的因素。如果说长公主的我行我素为刘、陈爱情埋下了祸患的伏笔，那么，陈阿娇自身任性的"公主病"则直接断送了自己与汉武帝的爱情。在第二次被汉武帝疏远后，陈阿娇想到了使用巫术让其回心转意的办法。陈阿娇在女巫楚服的指导下，日夜祭天地、拜鬼神，服用不知何物制成的药丸。不仅如此，楚服还女扮男装，与阿娇同吃同住，犹如夫妇一般。这或许是陈阿娇为获得精神上的慰藉而采用的一种较为极端的方式。汉武帝听到这些情况后，对陈阿娇彻底失望。那么，陈皇后只剩下最后一条路可走，那就是被废黜。在元光五年（前130）陈皇后被废。废黜诏书所列的罪名是"皇后失序，惑于巫祝"。

　　另外，陈阿娇未能为汉武帝育有一男半女，也是其被废黜的重要原因之一。据《史记》记载，长公主在女儿被废黜后，对汉

武帝多有责备，于是汉武帝的胞姐平阳公主解释说："皇后被废，
主要是因为无子。"其实，在陈阿娇被废之前，也曾花重金求子，
但无果而终。

刘、陈爱情最终走向结束，很大程度上是因为陈阿娇一直没
有走出幼时的金屋。为什么这么说呢？因为陈阿娇天生的娇贵与
母亲性格的熏染，让她一直生活在自己的世界里。而刘彻幼时许
诺的金屋，陈阿娇将其看成一辈子的避风港，一直不愿意走出
来，无论形势发生何种变化。于是，任性，妒忌，一切皇后不应
有的毛病，都在她身上体现出来了。

汉武帝与陈皇后的爱情本来已经结束了，但在文人那里似乎
并没有结束。那就是给刘、陈爱情画上一个名叫"千金买赋"的
满意句号。千金买赋，又称长门买赋，最早出现在南朝梁萧统编
著的《昭明文选》卷一六《志下·哀伤》中。《长门赋》前小
序云：

> 孝武皇帝陈皇后，时得幸，颇妒。别在长门宫，愁闷悲思。
> 闻蜀郡成都司马相如天下工为文，奉黄金百斤，为相如、文君取
> 酒，因于解悲愁之辞。而相如为文以悟主上，陈皇后复得亲幸。

小序的大致意思是说：陈皇后在被废之后，住在长门宫。每
天以泪洗面，惆怅不已。一次偶然的机会，听说在成都的司马相
如文盖天下，于是派人拿黄金百斤，在司马相如、卓文君的酒肆

买酒。其目的当然是醉翁之意不在酒，而在于请求司马相如帮忙。司马相如被陈皇后的遭际所打动，便以一位被废皇后的口吻，写了一篇《长门赋》。汉武帝或为这篇名赋的文采与精神所打动，又与陈皇后和好如初。据学界考证，这篇令人荡气回肠的骚体赋，不可能出自司马相如之手，因为赋前小序中出现了汉武帝的谥号"孝武皇帝"，而司马相如早在汉武帝三十年就去世了。这篇小序又为后代小说家所采用，如冯梦龙《情史》卷八"情感类"之《长门赋》，这或许是古代文人对这段帝后爱情的理想期盼。

汉武帝初封胶东王。数岁时，长公主抱置膝上，问曰："儿欲得妇否？"曰："欲得。"乃指左右长御百余人，皆云不用。指其女："阿娇好否？"答曰："好！若得阿娇作妇，当以金屋贮之。"长公主大悦，乃苦要上，遂成婚焉。既即位，遂立为后，时帝年十四。又六年，长主挟功怨望，皇后宠遂衰，然骄妒滋甚。女巫楚服，自言有术能令上意回。昼夜祭祀，合药服之。巫着男子衣冠帻带，与皇后居寝，相爱若夫妇。帝闻，穷治侍御，巫与后诸妖蛊咒咀，女而男淫，皆伏辜。废皇后，处长门宫。后虽废，供养犹如法。闻蜀人司马相如有文辞，乃遣人赍千金，求为作《长门赋》，叙其哀怨。上读之叹息，复迎入宫如初。

以武帝之雄猜，而长门回车，文章信有灵矣。未几，子夫之立，后安在哉！于唐之玄宗亦然。何皇后始以色进，及玄宗即位，不数年，恩宠日衰。后忧畏之状，愈不自安。然抚下有恩，幸免谗语共危之祸。忽一日，泣诉于上曰："三郎（明皇行三，故云）独不记何忠（后父名）脱新紫半臂，更得一斗面，为三郎生日汤饼耶，何忍不追念于前时？"上恻然改容，由是得延其恩者三年，终以武惠妃故，无罪被黜，六宫共怜之。

（三）情色之爱的代价

汉成帝刘骜是西汉第十二位皇帝，也是最后一位皇帝。刘骜在历史上并无重大建树，但他宠幸赵飞燕、赵合德姊妹，却为后人所诟病，多将赵氏姊妹称为灭火（按：汉朝为火德）之祸水。最早记载刘骜与赵氏姊妹情事的正史，当属班固的《汉书》，而小说的记述主要有汉代伶元（一称伶玄）的《赵飞燕外传》（下文简称《外传》）、晋人葛洪的《西京杂记》、宋代秦醇的《赵飞燕别传》（下文简称《别传》）、明代古杭艳艳生的《昭阳趣史》（下文简称《趣史》）等。另外，明代甄伟的《西汉演义》亦涉及此事。

相比较而言，《外传》艺术成就较高，明代胡应麟在《少室山房笔丛》中称之为"传奇之首"。《赵飞燕外传》，旧题汉伶玄撰。伶玄，字子于，潞水（今山西潞城）人，生卒年不详，曾任淮南相、江东都尉。伶玄在《自序》中交代了《外传》的成书过程："其妾樊通德，为樊嬺弟子不周之子，能道飞燕姊弟故事，于是撰《赵后别传》。"此段意思大致是：伶玄的妾樊通德是樊嬿弟子不周的女儿。樊嬿就是当年向汉成帝举荐赵合德之人，对赵氏姊妹之事颇为熟

《赵飞燕外传》（《阳山顾氏文房小说》本）

悉。伶玄正是根据樊通德的讲述，撰写了这篇被后人称道的小说。这里的《赵后别传》即是《赵飞燕外传》。据《四库全书总目提要》考证，小说作者系后人伪托。又据学者李剑国考证，《外传》成书于东汉的可能性比较大，而非多数论者所认为的唐宋人所作。本文主要依据明代顾元庆《阳山顾氏文房小说》本《赵飞燕外传》。

我们首先从赵飞燕的出身讲起。《汉书·外戚传》记载："孝成赵皇后，本长安宫人。初生时，父母不举，三日不死，乃收养之。"从这一记载，我们可以看出赵飞燕在出生之后，曾遭到父母的抛弃。这一点与褒姒有惊人的相似之处。那么，赵飞燕的父母为什么要抛弃她呢？《汉书》没有给出答案，这给小说家们提供了想象的空间。《外传》似乎让我们找到一些蛛丝马迹，那就是《外传》将赵飞燕的出身，设计为冯万金与赵曼妻刘氏的私生

女。冯万金的父亲冯大力，曾是江都（今江苏扬州）王协律的舍人，在音乐方面有较深的造诣。在父亲的熏陶下，冯万金对音乐也有独特的领悟，其演奏的靡靡之音，令无数人为之倾倒，其中就包括江都中尉赵曼。由于冯万金经常出入赵曼家，与赵曼的妻子刘氏就逐渐熟悉起来了。刘氏是江都王刘建的孙女，即姑苏郡主。冯万金之所以能够得逞，与赵曼的性功能障碍有着很大的关系。但是，作为武人的赵曼，性格颇为暴躁。姑苏郡主怀孕之后，因为怕事情暴露，只好躲进王宫，后生下了一双胞胎姊妹，即赵宜主与赵合德。二女为赵姓，是为掩人耳目，却仍归冯万金抚养。这种小说家的手法，让赵氏姊妹从出身即被打上为人诟病的印记。

赵氏姊妹在一定程度上继承了先辈的艺术基因，如赵宜主具有舞蹈天赋，身体纤长，举止轻盈，人称之"飞燕"。赵合德则具有音乐天赋。同时，她们又继承了其母的皇室血统，具有绝世的容貌。这一切因素，都为她们后来在汉廷后宫的呼风唤雨奠定了基础。

赵氏姊妹的人生轨迹，主要有三次转折。第一次转折是其父冯万金的去世。冯万金去世后，冯家开始败落，赵氏姊妹从江都来到了长安，开始了她们的帝都生活。赵飞燕姊妹刚到长安时，与阳阿公主的家令赵临住在一条巷子里。家令即是管家。赵飞燕经常做些刺绣送给赵临，赵临对此非常感激，一直想找机会报答。这时候，赵临有一个在皇宫做事的女儿，因病出宫死在了家里。于是，赵飞燕便顶替赵临之女回宫。在赵临的帮助下，赵氏姊妹开始进入阳阿公主家做舍直。舍直可能是做保洁等下层工作。但她们并不因为自己做着下层工作，就放弃对艺术的热爱。她们对舞蹈的热爱，几乎达到了痴迷的程度。她们不仅偷偷地观看与效仿别人的舞蹈，还对舞技反复地琢磨，以致经常错过吃饭的时间。同时，赵氏姊妹非常注重皮肤的保养，不惜一掷千金，以致与她们在一起的家奴称她们为愚人。燕雀安知鸿鹄之志？果不其然，赵飞燕等来了自己的机会，那就是在阳阿公主家，赵飞燕以其出色的表演与惊艳的美貌，彻底俘获了汉成帝的心。于是，赵飞燕的人生开始了第二次转折。

第二次转折是汉成帝的临幸。汉成帝对赵飞燕的容貌与舞蹈都颇为倾心，再三提出临幸的要求。然而，这种要求却被赵飞燕拒绝了三次。那么，赵飞燕为什么这样做呢？原因大致有两点：一是欲擒故纵。赵飞燕颇能掌控男人的心理，那就是越得不到的东西越想得到，特别是那些只醉心于情色的男人，比如汉成帝。我们从汉成帝被赵飞燕拒绝后的表现，就可以看出赵飞燕的策略是成功的。汉成帝被拒绝后，仍"略无谴意"，并称赵飞燕为"礼义人"。二是瞒天过海。我们知道，赵飞燕被汉成帝临幸前，曾与羽林善射鸟者有过一段暧昧关系。据小说描写，他们之间应该发生故事了。那么，怎么度过皇帝临幸的第一个晚上呢？唯一的办法就是等待自己月事的到来。果然，在临幸的那个晚上，"流丹浃藉"。此事就这样有惊无险地度过了。事后樊嬺求证此事，赵飞燕谎称"帝体洪壮，创我甚焉"。作为情场高手的赵飞燕，终于彻底征服汉成帝，也征服了整个后宫，以火箭般的速度破格升迁为皇后。然而，在登上后宫之主的宝座后，赵飞燕却又面临着自己的同胞之妹赵合德的争宠。

赵合德的入宫方式与赵飞燕有着很大的不同。赵飞燕是直接被汉成帝看中，而赵合德则是由樊嬺推荐。樊嬺是当时后宫的女官，官职为丞光司帝，是赵氏姊妹的姑表姐。樊嬺的推荐词是："美容体，性醇粹可信。"意思是说，赵合德在容貌与体形上均无可挑剔，性格上精纯不杂，值得信赖。这无疑是难得的佳人，也是汉成帝的最爱。汉成帝当即派舍人吕延福前往迎接，使用的是百宝凤毛装饰的步辇。这在当时是最高的规格了，因为步辇只有皇帝与皇后才能乘坐。然而，这一次赵合德拒绝了，甚至是以死相威胁，理由是没有赵飞燕的口谕或手迹。吕延福回来奏明汉成帝后，汉成帝得到赵飞燕的亲笔书信，以召幸赵合德。这次赵合德进行了一番精心打扮。除使用"九回沉香水"沐浴外，还梳了名曰"新髻"的新发型，画了名曰"远山黛"的眉毛，化了名曰"慵来妆"的新妆，穿的是故意裁短的衣服，以及绣裙袖与李文袜。这些外貌描写，是正史所没有的，即使是野史，也是绝无仅有的。然而，这次汉成帝仍然没有得到赵合德。赵合德给出的理由是其姊暴虐善妒，如果没有征得她的同意，那自己只能遭受侮辱。赵合德的矫情，被宫中的女官淖夫人唾骂成要灭大汉的主儿。其实，赵合德与赵飞燕的手段是相同的，都是欲擒故纵，只不过形式上有些不同而已。

　　赵合德虽然两次拒绝了汉成帝的临幸，但作为中间人的樊嬺并没有放弃自己的初衷，仍然执着地创造机会。在樊嬺的安排下，汉成帝特地为赵飞燕新建了远条馆，并赏赐了紫茸云气帐、文玉几等名贵物品。同时，樊嬺还劝告赵飞燕说："你看皇上至今仍没有儿子，作为皇后，你难道没有考虑到大汉王朝的千秋万代吗？"赵飞燕经过这番劝告，同意樊嬺的观点。这样，赵合德与汉成帝终于走到了一起。樊嬺得到诸多赏赐自不待言，赵合德也快速升为婕妤，后又升为昭仪。昭仪、婕妤在汉成帝时，是地位最高的嫔妃，仅次于皇后，相当于明清时期的皇贵妃与贵妃。

　　赵合德入宫后，赵飞燕的地位明显受到威胁。汉成帝曾对赵合德说："吾昼视后，不若夜视之美，每旦令人忽忽如失。"这句话的意思很明白，就是说赵飞燕白天没有晚上漂亮。而且，汉成帝常常在早上起床时，有种若有所失的感觉。这种不良感觉，赵飞燕明显是觉察得到的，于是在太液池上演了一曲撒娇撒痴的闹剧。那天，赵氏姊妹等人在太液池上与汉成帝游玩。突然大风骤起，赵飞燕几乎要被大风吹走了，于是大喊道："救救我！救救我！我要仙去了，我要仙去了。去故就新，难道就要忘掉原来的吗？"在这种紧急的情况下，汉成帝命令乐工冯无方拽住赵飞燕的脚。过了好长一段时间，大风才停下来。赵飞燕当然是对汉成帝派人相救感激不尽，说道："皇上还是对我有恩德啊，不让我被大风吹走。"说完，便泣不成声。汉成帝果然被这一幕感动，又重新宠爱赵飞燕。然而，赵飞燕放荡的性格不仅没有收敛，反而更加张扬了。赵飞燕在受冷落的时候，与乐工冯无方私通。在重新受宠后，又与燕赤凤私通。

与赵飞燕受冷落相比，赵合德明显是后来者居上。这和她善于处理与赵飞燕和汉成帝的关系有关。赵合德入宫以后，几乎是以晚辈的身份来与其姊相处，而且极尽奉承之能事。这里略举几例：有一次，赵飞燕不小心将唾沫弄到赵合德的衣袖上了。赵合德不仅不生气，而且还极力恭维说："这哪里是唾沫啊，简直似是石头上的花儿。"还有，赵飞燕在远条馆与多名侍郎宫奴私通，有人告诉汉成帝，赵合德则极力维护其姊，称其姊性格刚烈，此事必是被人陷害。后来汉成帝将告状的人全部杀死了。另外，赵飞燕在过生日的时候，赵合德送上了二十六件厚重礼物，却仅收到赵飞燕回赠的两件礼物，即云锦五色帐与沉水香玉壶。赵合德非常感动，对汉成帝说："要不是姐姐送给我，我这辈子也不知道世间有这两样东西。"赵合德还善于处理她们姊妹之间的矛盾与冲突。有一次，与赵氏姊妹共同私通的燕赤凤来到灵安庙，赵飞燕问赵合德："燕赤凤是为谁而来的?"赵合德回答说："当然是为了你啊！难道还为别人而来吗?"赵飞燕非常恼火，把杯子砸到赵合德的裙子上，说道："那些平庸之人能咬人吗?"赵合德说："穿了他的衣服，看了他的私处，还在乎他是否咬人吗?"赵合德从未用过这样的口气与赵飞燕说话，樊嫕赶紧打圆场，赵合德跪下向赵飞燕道歉，并且一把鼻涕一把泪地诉说她们小的时候冬天使用一床被子睡觉的往事。赵飞燕被赵合德感动，拿了一根自己的玉钗给赵合德簪上。这事后来被汉成帝所知，赵合德则以巧妙的方式掩盖过去了。

赵合德与汉成帝的关系的重要纽带就是情色。赵合德入宫后，汉成帝几乎完全沉迷于此，即传文所称的"无所不靡"。同时，汉成帝又将赵合德的温柔体贴称为"温柔乡"，并对樊嬺说愿意老死于此乡。汉成帝还将赵氏姊妹进行对比，比如赵氏姊妹都有熏香的爱好，赵飞燕的香是一种异香，而赵合德的香则是一种自香。汉成帝还应赵合德的要求，为其建造少嫔馆，包括前殿与后殿，其中前殿包括露华殿、含风殿、博昌殿、求安殿，后殿包括温室、凝缸室、浴兰室。在装饰上也极尽奢华，可见赵合德的受宠程度。汉成帝还有偷窥赵合德沐浴的爱好。汉成帝第一次在浴兰室偷窥时，就被赵合德的宫女发现了，并将此事报告给赵合德，赵合德听后马上撤走了所有的蜡烛。总结第一次失败的教训，汉成帝再次来到浴兰室偷窥时，给赵合德的宫女行贿，汉成帝为此总共耗费百金。由此也可见其荒淫的一面。汉成帝与赵合德关系达到顶峰时，是汉成帝纵欲而死在赵合德的床上。当时汉成帝有病在身，御医寻找多种方法医治均无效，后得奇药慎恤胶，并把它交给了赵合德。御医嘱托，汉成帝临幸一次只能吃一丸。令人没有想到的是，赵合德那天晚上醉酒之后，给汉成帝吃了七丸，最后导致汉成帝精尽而亡。

汉成帝驾崩之后，赵氏姊妹的命运开始出现了第三次转折性的变化。首先，是赵合德吐血而亡。当时，赵合德看到汉成帝精尽而亡，抚着他的背说："皇上你去哪里了啊？"跟着呕血而亡。这是小说家设置的情节。似乎更能体现赵合德与汉成帝的爱情，除了情色因素外，还有真情所在。不过，据《汉书》记载，汉成帝死后，在太后的追责下，赵合德自杀身亡。赵飞燕的结局在《外传》中没有交代，据史书记载，汉哀帝尊其为太后，哀帝驾崩后，被贬为孝皇后，不久又被贬为庶人，去看守陵园，最后也是自杀身亡。

综观汉成帝与赵氏姊妹间的情色之爱，我们不难发现他们付出的惨痛代价：一是赵氏姊妹为固宠而沐汤熏香，特别是李阳华传授的息肌丸，让她们的月事渐少，从而逐渐丧失了生育的能力。为博帝王之宠，而付出了不能为人母的代价。二是赵氏姊妹在汉成帝驾崩后，分别走向自我毁灭的道路，也就是说她们姊妹二人为情色之爱，付出了生命的代价。三是汉成帝因宠爱赵氏姊妹，付出了无后的代价。四是汉成帝的昏庸，为王莽篡国提供了条件，从这个意义上说，汉成帝又付出了江山社稷的代价。

《别传》是另外一篇值得注意的同题材小说。据《别传》正文前的小序记载，这篇小说是作者宋醇在其故旧李生那儿得到的初稿，然后再经修补润色而成。这篇小说着重叙写赵氏姊妹入宫后的故事，特别是对赵飞燕得子固宠的描写，更坐实女人"祸水"之名。此篇颇有可观之处，一是其文风古朴，以至于明代胡少麟误以为此篇出自六朝人之手；二是描写细腻，如描写赵昭仪

沐浴的"兰阳滟滟,昭仪坐其中,若三尺寒泉浸明玉"等句,胡
少麟认为百世以下读之,也令人心动。

赵氏姊妹的故事发展到明朝,就演绎成低俗的《趣史》了。
此书前有一《趣史序》,曰:"向刻《玉妃媚史》,足为玉妃知
己,苦不僝工以写昭阳之趣,昭阳于九原宁不遗恨于君耶? 乃爰
辑其外纪题曰《昭阳趣史》。"而清初刘廷玑《在园杂志》曾将
《玉妃媚史》与《肉蒲团》《绣榻野史》《浪史》等相提并论,谓
之"流毒不尽"。由此可见此书旨趣之一斑。《趣史》拼凑多种写
赵飞燕姊妹故事的小说以成篇,仅于小说开头、结尾较为俗套地
安排了一些因果报应的情节。其所追求的实际是借小说以宣欲,
所以极力夸赵氏姊妹之淫行,对性行为进行过多的秽亵描写,在
艺术上几乎无可圈可点之处。

(四) 此恨绵绵无绝期

唐明皇与杨贵妃的爱情故事,自唐代以来,一直是文人津津
乐道的题材。几乎各种文体均有涉及,如诗歌、笔记小说、话
本、院本、诸宫调、杂剧、传奇等。其中,具有较大影响的有唐
代白居易的诗歌《长恨歌》、陈鸿的传奇小说《长恨歌传》,宋代
乐史的传奇小说《杨太真外传》,元代白朴的杂剧《梧桐雨》,清
代洪昇的传奇《长生殿》。同为传奇小说,《杨太真外传》较
《长恨歌传》在故事情节与人物方面更为详赡。故此,笔者主要

依据《杨太真外传》。

《杨太真外传》分为上下两卷，为宋代乐史所撰。乐史
（930—1007），字子正，北宋宜黄霍源村（今属江西）人。南唐
后主李煜建隆三年（962）状元及第，入宋后于太宗太平兴国五
年（980）再次进士及第。历任著作郎、太常博士、水部员外郎
及舒州、黄州、商州等地知州。在地理学、方志学、文学等方面
均有建树。著述除《杨太真外传》外，还有《太平寰宇记》《登
科记》《卓异记》《总仙记》《绿珠传》等。乐史在传奇小说方面
取得了重要成就，诚如刘大杰在《中国文学发展史》中称："传
奇文的作者，首推乐史。"《杨太真外传》在帝王后妃故事中堪称
经典之作。《杨太真外传》的版本主要有《阳山顾氏文房小说》
（明代顾元庆编辑）本、《唐人说荟》（清代陈世熙辑）本。鲁迅
校辑《唐宋传奇集》亦收有此篇。本文依据《阳山顾氏文房小
说》本。

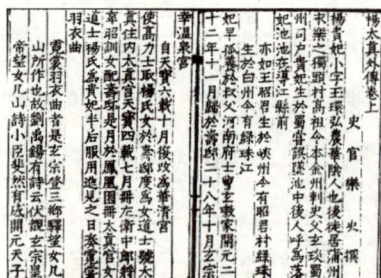

《杨太真外传》

（《阳山顾氏文房小说》本）

小说首先从杨贵妃的家世
开始说起。杨贵妃，小字玉
环，祖籍弘农华阴（今陕西华
阴），后迁往蒲州永乐（今山
西永济）的独头村。高祖杨令
本，做过金州（今陕西安康）
刺史。父杨玄琰，为蜀州司
户。母，李氏。杨贵妃出生在

其父任上，即今天的四川。幼时父母双亡，杨贵妃被寄养在其叔父河南府士曹杨玄璬家。杨贵妃还有一个叔父名叫杨玄珪。杨贵妃有三姊，即大姊、三姊、八姊，又有从兄杨钊（即杨国忠）、兄杨铦、堂弟杨锜。这些家世的描述与《旧唐书》《新唐书》中的《杨贵妃列传》的记载相差无几。

唐明皇与杨贵妃的爱情是从华清宫开始的。华清宫是唐帝王游幸的别宫，在今天的陕西临潼，面临渭水，背靠骊山。初名为汤泉宫，后更名为温泉宫，唐玄宗天

唐华清宫图（清毕沅《关中胜迹图志》）

宝六载（747）十月又更名为华清宫。因其在骊山，亦称骊山宫、骊宫。开元二十八年（740）十月，唐明皇游幸温泉宫，让心腹太监高力士将杨玉环从寿王府邸请来。此前，杨玉环于开元二十二年（734）十一月被册封为寿王妃。寿王，初名为李清，后改为李瑁，唐明皇第十八子，开元十三年（725）被封为寿王。其母为武惠妃，是在杨贵妃之前唐明皇最为宠幸的妃子。在与唐明皇一见钟情后，杨玉环结束了她六年的寿王妃生涯，开始了其人生与家族的转折。当然，唐明皇或许顾及帝王的颜面，先要将曾经的儿媳妇转换身份。那就是先让她进入太真宫，做一位女道

士，号太真，然后再还俗，完成一个华丽的变身，进而于天宝四年（745）七月在凤凰园被正式册封为贵妃。据《旧唐书·后妃上》记载，唐初时，"皇后之下，有贵妃、淑妃、德妃、贤妃各一人，为夫人，正一品"，开元年间，唐玄宗"乃于皇后之下立惠妃、丽妃、华妃等三位，以代三夫人，为正一品"。从上述史书记载，我们发现，在开元时，唐明皇将初唐时的四妃削减为三妃，而被削减的妃位恰恰是贵妃，但在天宝时唐明皇又立杨玉环为贵妃，恢复了唐初时的一后四妃建制。这显然是对杨玉环宠爱有加的表现。在册封贵妃的同时，为了弥补寿王妃的空缺，唐明皇又为寿王李瑁物色了韦昭训的女儿，并将她册封为寿王妃。

杨玉环第一次以贵妃身份进见唐明皇时，受到了隆重的接待。我们从几个方面可以看出：首先，乐官高奏唐明皇谱曲的《霓裳羽衣曲》。关于此曲的由来，据乐史所注，大致有两种说法。一是唐明皇登三乡驿（今属河南宜阳），望女儿山（又名花果山，今属宜阳）所作。另一种是唐代卢肇《逸史》记载唐明皇随罗公远入月宫听闻仙乐而记之。且不管此曲的由来，仅凭演奏唐明皇亲自所作的名曲，足见接待杨贵妃的规格之高。其次，唐明皇馈赠厚

杨贵妃画像（明唐寅绘）

重的礼物。杨贵妃进见当晚，唐明皇即送她金钗钿盒。同时，唐明皇还手拿丽水镇库之宝——紫磨金雕琢而成的步摇，来到杨贵妃的化妆间，亲自为她戴上。步摇与钗钿均为古代女性的首饰，常相混杂佩戴，步摇取其行步则动摇之意。再次，唐明皇特意为杨贵妃作曲。唐明皇在得到杨贵妃之后，龙颜大悦，毫不掩饰地对后宫嫔妃说："朕得到杨贵妃，如获至宝一般。"故特作曲《得宝子》（又称《得鞴子》）。这种盛宠超过此前的武惠妃。武惠妃是武则天的侄孙女，因性情乖巧，善于逢迎，颇得唐明皇宠幸，与唐明皇育有四子三女。唐明皇曾因宠幸武惠妃，而废除王皇后。武惠妃于开元二十五年十二月薨。关于武惠妃的死亡时间，《旧唐书》有两种记载，一是开元二十五年（737）十二月，二是开元二十四年（736）。《新唐书》未记载武惠妃具体死亡时间，只记作"会妃薨，年四十余"，而小说则记为开元二十一年（733）十一月。以上三种时间，当以开元二十五年十二月较为可信，因其与《新唐书》记载的卒时年龄相印证。武惠妃死后，唐明皇的情感生活出现了很长的一段空白期，小说描写道："后庭虽有良家子，无悦上目者，上心凄然。"而杨玉环的出现，如同久旱逢甘露一般，滋润着唐明皇的心田。对杨玉环的超规格礼遇，正是这位大唐皇帝对心中女神的一种膜拜。

唐明皇对杨贵妃宠幸的另一种表现，是泽被其整个家族。先是对杨贵妃已过世的父母进行追封。先后追封了其父杨玄琰为济阴太守、兵部尚书、太尉、齐国公，又追封了其母李氏为陇西郡

唐明皇画像（明人绘）

夫人、凉国夫人、梁国夫人；封其叔父杨玄珪为光禄卿银青光禄大夫、工部尚书；对其从兄杨钊，先是封为侍郎，后又加御史大夫，权京兆尹，并赐名国忠，遥领剑南节度使，在李林甫死后，又迁宰相之职；兄杨铦，封银青光禄大夫鸿胪卿，列棨戟，特授上柱国；堂弟杨锜，娶武惠妃之女太华公主；又封杨贵妃大姊为韩国夫人，三姊为虢国夫人，八姊为秦国夫人。除对杨贵妃家人加封官衔与称号外，还赏赐稀世珍宝，如赏赐虢国夫人照夜玑，秦国夫人七叶冠，杨国忠镍子帐等。同时，那些地方官员想尽一切办法巴结杨贵妃的家人，甚至公主驸马都对其退避三舍。当时的杨氏家族在京城，甚至是全国，可谓赫赫扬扬，盛极一时。小说描写道："自此杨氏权倾天下，每有嘱请，台省府县，若奉诏敕。四方奇货，僮仆、驼马，日输其门。"又描写道："杨家转横，出入禁门不问，京师长吏，为之侧目。"

唐明皇与杨贵妃如同恋爱中的普通男女一样，也有磕磕碰碰。不过，每一次别扭之后，他们之间的感情就又加深一步。小说描写了杨贵妃的两次"忤旨"。第一次发生在天宝五年（746）

七月，原因是妒悍，且看小说的描写：

> （妃子）乘单车，令高力士送还杨铦宅。及亭午，上思之不食，举动发怒。力士探旨，奏请载还，送院中宫人、衣物及司农米面酒馔百余车。诸姊及铦初则惧祸聚哭，及恩赐浸广，御馔兼至，乃稍宽慰。妃初出，上无聊，中官趋过者，或笞挞之。至有惊怖而亡者。力士因请就召。既夜，遂开安兴坊，从太华宅以入。及晓，玄宗见之内殿，大悦。贵妃拜泣谢过。因召两市杂戏以娱贵妃。贵妃诸姊进食作乐。自兹恩遇日深，后宫无得进幸矣。

从上述描写，我们可以看出，作为帝王的李隆基，已经深深地陷入了对杨贵妃的爱情中不能自拔。当李、杨爱情出现波折时，一位不可或缺的中间人高力士，能巧妙地揣摩帝王意图，并能及时满足其心愿，从而成就了这对帝妃之恋。

这次别扭之后，唐明皇对杨贵妃更是恩宠有加。他们几乎形影不离，出门常常是一同坐马乘车，高力士则为他们执辔授鞭。杨贵妃的生活也更加奢侈起来，有数百人为她织锦刺绣，数百人为她雕琢器物，地方官员因送其端午礼物异于他人甚至可以加官晋爵的。上有帝王垂青，下有官员供奉，杨贵妃的悠然得意，自然不可避免。于是，第二次"忤旨"似乎也不可避免。

第二次"忤旨"发生于天宝九年（750）二月，原因是"闲把宁王玉笛吹"（张祜诗）。小说这样描写道：

> 九载二月，上旧置五王帐，长枕大被，与兄弟共处其间。妃子无何窃宁王紫玉笛吹。……因此又忤旨，放出。时吉温多与中贵人善，国忠惧，请计于温。遂入奏曰："妃，妇人，无智识。有忤圣颜，罪当死。既蒙尝恩宠，只合死于宫中。陛下何惜一席之地，使其就戮，安忍取辱于外乎？"上曰："朕用卿，盖不缘妃也。"初，令中使张韬光送妃至宅，妃泣谓韬光曰："请奏：妾罪合万死。衣服之外，皆圣恩所赐。惟发肤是父母所生。今当即死，无以谢上。"乃引刀剪其发一缭，附韬光以献。妃既出，上怃然。至是，韬光以发搭于肩以奏。上大惊惋，遽使力士就召以归，自后益嬖焉。

杨贵妃这次"忤旨"比上一次要严重得多。上一次"忤旨"让杨贵妃诸姊及杨钻"惧祸聚哭"，而这一次则轮到杨家权位最高的杨国忠产生恐惧。杨国忠问计于吉温。吉温入朝，为杨贵妃求情，但唐明皇似乎还未消除对杨贵妃的怒气。后来，杨贵妃采用自救的方式——割发代首，让唐明皇感动得一塌糊涂。结果当然是唐明皇让高力士宣杨贵妃进见，恩宠杨妃更是盛过从前。

经过上述两次"忤旨"，杨贵妃与唐明皇之间的感情得到进一步升华。这种升华，一方面体现在他们沉迷于自娱自乐的歌舞丝竹当中。有一次，唐明皇在木兰殿宴请诸王，当时木兰花开，

而明皇心情却不好。杨贵妃看
在眼里，记在心里，于是乘醉
跳了一曲霓裳羽衣舞。杨贵妃
婀娜的舞姿，配上这支名曲优
美的旋律，真可谓流风回雪，
唐明皇陶醉于眼前的一切，龙
颜大悦。还有一次，唐明皇新
创作了两支曲子，名曰《紫云

霓裳羽衣舞

回》《凌波曲》，并将它们赐给了宜春院、梨园弟子及诸王。同
时，广东新丰县又新献了一位善舞的伶人叫谢阿蛮。于是，在清
元小殿举行了一次帝妃与乐工的歌舞大联欢。其中，宁王吹玉
笛，唐明皇敲羯鼓，杨贵妃弹琵琶，马仙期击方响（古代一种打
击乐器），李龟年吹觱篥（古代一种管乐器），张野狐弹箜篌，贺
怀智打拍。当时的唯一观众就是杨贵妃的八姊秦国夫人。表演结
束时，唐明皇还很矫情地向秦国夫人索要缠头。当然，秦国夫人
毫不吝啬地出手三百万为缠头。这场大联欢自早上一直持续到中
午，个个踌躇满志，人人尽得兴致。小说还特意交代了杨贵妃弹
奏的琵琶，非同一般。琵琶是由逻逤檀木制成，"其木温润如玉，
光耀可鉴，有金缕红纹，蹙成双凤。弦乃末诃弥罗国永泰元年所
贡者，渌水蚕丝也，光莹如贯珠琴瑟"，其奢华可见一斑。

李、杨爱情升华的另一方面体现在唐明皇满足杨贵妃的各种
要求，并赐予各种名贵物品。比如杨贵妃爱吃荔枝，而广东南海

的荔枝比四川的更好，所以每年从广东快马加鞭地送新鲜荔枝入宫。正如杜牧诗云："一骑红尘妃子笑，无人知是荔枝来。"再比如，华清宫几乎成了李、杨二人的过冬别宫。小说描写道："上每年冬十月，幸华清宫，常经冬还宫阙，去即与妃同辇。华清宫有端正楼，即贵妃梳洗之所；有莲花汤，即贵妃澡沐之室。"唐明皇除满足杨贵妃的各种需求外，还赏赐各种名贵物品。如唐明皇赐杨贵妃一扇屏风，此屏风为隋文帝杨坚所造，曾被赐给和亲东突厥启民可汗的义成公主。唐太宗贞观时，朝廷灭东突厥，此屏风与萧太后一起送归中原，且送归唐室。不过，可能因屏风承载着过多的隋朝往事，从而会出现怪异之事，杨贵妃并没有用它。又比如由云南广南进献的一只白鹦鹉，唐明皇将它赐给杨贵妃。此鹦鹉能通晓人语，人称"雪衣女"。有一次这只鹦鹉突然飞到杨贵妃的梳妆台上，说："雪衣女昨夜梦到被一只鸷鸟所击。"第二天，鹦鹉果然与鹰搏斗而死。杨贵妃叹息良久，将它埋在后宫苑中，称之鹦鹉冢。

在唐明皇与杨贵妃的爱情当中，有一个重要人物不能不提及，这就是安禄山。据乐史注，安禄山本名轧荤山，母亲是个巫师，晚年很是肥胖，垂肚过膝，有350斤重。安禄山深得唐明皇的宠幸，在一定程度上与其阿谀奉承杨贵妃有关。小说描写了这样的一则故事：

时安禄山为范阳节度，恩遇最深，上呼之为儿。尝于便殿与贵妃同宴乐。禄山每就坐，不拜上而拜贵妃。上顾而问之："胡不拜我而拜妃子，意者何也？"禄山奏云："胡家不知其父，只知其母。"上笑而赦之。又命杨铦以下，约禄山为兄弟姊妹，往来必相宴饯。初虽结义颇深，后亦权敌，不叶。

一句"胡家不知其父，只知其母"，将安禄山小人嘴脸展露无遗。与杨家结拜为兄弟姐妹，也只是一时的利益共同体。一旦他们掌握重权后，就会出现种种的矛盾。安禄山与杨家的关系，正所谓"没有永远的敌人，也没有永远的朋友，只有永远的利益"。而杨贵妃也需要安禄山这样的重臣的支持，所以也千方百计地赏赐其物，如将唐明皇赏赐的十枚"瑞龙脑"赐三枚给安禄山，还赏赐给安禄山金平脱装具、玉合、金平脱铁面碗等。

唐明皇宠幸安禄山，犹如宠幸杨贵妃一样，别人的任何意见都是听不进去的。乐史在注中涉及两则故事：

上尝于勤政楼东间，设大金鸡障，施一大榻，卷去帘，令禄山坐。其下设百戏，与禄山看焉。肃宗谏曰："历观今古，未闻臣下与君上同坐阅戏。"上私曰："渠有异相，我禳之故耳。"

又尝与夜宴，禄山醉卧，化为一猪而龙首。左右遽告帝。帝曰："此猪龙，无能为。"终不杀，卒乱中国。

正是在唐明皇的养奸姑息之下，安禄山的势力逐渐壮大，最终形成了尾大不掉的局面，其有反叛之心在所难免。终于，在天宝十四载（755）十一月，安禄山撕下了其伪善的面具，显示出本来的狰狞面目。当时，安禄山表面上打着诛杀杨国忠的旗号，实际上包藏着篡国的野心。安禄山的叛军以摧枯拉朽之势将唐军打得落花流水。潼关失守后，唐明皇携杨贵妃奔蜀。当他们逃到马嵬驿（今属陕西兴平）时，护卫皇帝的禁军停止了脚步，先是将杨国忠父子二人杀死，接着由护卫军统帅陈玄礼向唐明皇交涉，要求诛杀杨贵妃。唐明皇陷入两难境地，与杨贵妃作生死之别。小说写道：

上回入驿，驿门内旁有小巷，上不忍归行宫，于巷中倚杖欹首而立。圣情昏嘿，久而不进。京兆司录韦锷（见素男也）进曰："乞陛下割恩忍断，以宁国家。"逡巡，上入行宫，抚妃子出于厅门，至马道北墙口而别之，使力士赐死。妃泣涕呜咽，语不胜情，乃曰："愿大家好住。妾诚负国恩，死无恨矣。乞容礼佛。"帝曰："愿妃子善地受生。"力士遂缢于佛堂前之梨树下。才绝，而南方进荔枝至。上睹之，长号数息，使力士曰："与我祭之。"祭后，六军尚未解围。以绣衾覆床，置驿庭中，敕玄礼等入驿视之。玄礼抬其首，知其死，曰："是矣。"而围解。瘗于西郭之外一里许道北坎下。妃时年三十八。上持荔枝于马上谓张野狐曰："此去剑门，乌啼花落，水绿山青，无非助朕悲悼妃子之由也。"

　　从上述李、杨二人的生死之别，我们不难看出这对帝妃恋人的平民情怀。同时，我们又不免对唐明皇掬一把深切的同情之泪，同情其虽身为帝王，却无法保护自己心爱的女人，眼睁睁地看着她走向死亡，而自己却毫无办法。这是唐明皇之痛，也是那些多情帝王之痛。

　　唐明皇与杨贵妃在现实中的爱情结束了，但他们的爱情传说并没有结束。杨贵妃之死，留给唐明皇的是无限的思念。当唐明皇继续西行至扶风道时，看到路边开放的花儿，又看到寺旁的石楠树，想到了华清宫的端正楼，而称此树为端正树，以寄托对杨贵妃的思念。当唐明皇来到斜谷口时，在雨中听到风铃声，突然又想起杨贵妃，并作《雨霖铃曲》以思之。从蜀地回长安后，作为太上皇的唐明皇，本打算将杨贵妃的墓冢迁葬，却遭到唐肃宗及大臣们的反对，只得偷偷地让太监将其迁往他所。迁葬时，杨贵妃的尸骨已化，仅有锦香囊还在。太监将它献给唐明皇，唐明皇藏在袖中。还有，当唐明皇听到杨贵妃侍女红桃演唱杨贵妃生前所作的《凉州》之词时，当唐明皇看到谢阿蛮展示杨贵妃生前所赐的金粟装臂时，睹物思人之下，"掩泣"与"涕零"几乎是这一时期唐明皇的常态。

　　在唐明皇完全陷入对杨贵妃的绵绵无尽的思念中时，来自蜀地的道士杨通幽，自称有"李少君之术"。所谓"李少君之术"，当指有上达天界、下通冥界之术。这对于唐明皇来说，无疑是一个好消息。带着唐明皇的重托，杨通幽在蓬壶楼阁找到玉妃太真院，与杨贵妃见面了。杨贵妃拜托他两件事，一是将唐明皇曾经

赏赐的金钗钿盒掰成两半，其中一半由杨通幽转交给唐明皇，以
示相思之情；二是将唐明皇曾经在华清宫所做的七夕密誓告诉杨
通幽，以印证转交半个金钗钿盒的真心。最后，杨贵妃告诉杨通
幽说："太上皇离归期不远了，希望他自爱，不要那么苦了自
己。"杨通幽从蓬壶归来了，将所发生之事一五一十地告诉了唐明
皇。唐明皇对杨贵妃的思念之情进一步加深。自迁入甘露殿后，唐
明皇开始辟谷服气，不久溘然长逝，追随自己心爱的女人去了。

　　综观《杨太真外传》中的李、杨爱情，我们不难看出这样几
点：一是李、杨爱情的平民化。我们常常觉得帝妃爱情总是给人
一种遥不可及的感觉，而此篇小说却将杨贵妃的任性、唐明皇的
迷恋等常人个性，毫无保留地展现给读者。特别是小说细致地描
写了唐明皇思念杨贵妃的细节，让人颇为伤感。二是李、杨爱情
材料的丰富性。《杨太真外传》在叙事文学当中，无论相较于之
前的《长恨歌传》《梧桐雨》，还是后来的《长生殿》，在素材方
面都是最为齐全的。这既对认识玄宗朝的历史有帮助，又对认识
天宝遗事的演变有帮助。三是作者"女祸"思想浓厚。"女祸"
思想是帝妃爱情故事常有的主题，《杨太真外传》仍然没有摆脱
这一窠臼。诚如乐史在末尾称："今为外传，非徒拾杨妃之事，
且惩祸阶而已。"

四、凡人仙鬼篇

迢迢牵牛星，皎皎河汉女。

纤纤擢素手，札札弄机杼。

终日不成章，泣涕零如雨。

河汉清且浅，相去复几许？

盈盈一水间，脉脉不得语。

——（南朝梁）萧统《文选·古诗十九首·迢迢牵牛星》

《迢迢牵牛星》为我们讲述了一个美丽的爱情故事。据南北朝时任昉《述异记》记述："大河之东，有美女丽人，乃天帝之子，机杼女工，年年劳役，织成云雾绢缣之衣，辛苦殊无欢悦，容貌不暇整理，天帝怜其独处，嫁与河西牵牛为妻，自此即废织纴之功，贪欢不归。帝怒，责归河东，一年一度相会。"牛郎与织女这段凡人与仙女的爱情故事，在后世被人们反复演绎，成为古代著名的民间爱情故事之一。在古代小说中，除人仙之恋之外，还有人鬼之恋、人怪之恋、人魂之恋等。

（一） 蓝桥之恋

蓝桥是怎样的一个地点呢？蓝桥为地名，在今天的陕西省蓝田县境内，距襄阳三百二十余公里，距长安约六十公里。此地相传最早的爱情故事是尾生与女子相约。这个故事最早出现在《庄子·盗跖》："尾生与女子期于梁下，女子不来，水至不去，抱梁柱而死。"这是一个凄美的爱情故事。而今天我们在此将要讲述的是一段人仙之恋的故事。所谓人仙之恋是指人与神仙的恋爱，其中男性多为人、女性多为仙，除牛郎与织女外，还有董永与七仙女、柳毅与龙女等。在诸多人仙之恋的故事中，《裴航》无疑是其中的代表作。《裴航》收录于唐人传奇集《传奇》中。

《传奇》，共三卷，为唐代裴铏所著。裴铏，生卒年不详，生平未见史书记载。据《全唐文》和《唐诗纪事》等记载，裴铏在唐懿宗咸通八年（867）为静海节度使高骈掌书记，加侍御史内供奉，唐僖宗乾符五年（878）为成都节度副使，加御史大夫。《传奇》原本散佚，篇目不详，今人周楞伽根据《太平广记》《岁时广记》《类说》等征引，辑成《裴铏传奇》，凡31篇。《唐五代笔记小说大观》（上海古籍出版社2000年版）在此基础上，又增加两篇。本文在此主要依据周楞伽的辑校本，同时参照汪辟疆的校录本。

裴航与云英的爱情故事发生在唐穆宗长庆年间（821—824）。

在他们的爱情故事当中，出现了三位重要的人物，他们分别是崔群、樊夫人和老妪。其中，崔群为他们的爱情提供了外在条件，樊夫人为他们的爱情牵线搭桥，而老妪则最后促成了他们的爱情。

崔群（772—783），字敦诗，号养浩，贝州武城（今山东武城）人，唐德宗贞元年间进士。唐宪宗元和十二年（817）任宰相，后因反对任皇甫镈为相而遭罢免，唐穆宗时曾出任荆南节度使等职。故事中，裴航科考失利，在鄂渚（即今天的湖北武汉）一带游玩散心，并拜访了时任荆南节度使的崔群。这位昔时的好友对科考不第的裴航，可谓尽心照顾，又是资

崔群画像

助二十万钱，又是租用大船让其回长安。从小说的描写，我们大致可以判断出，裴航回长安是走汉水这一条水路的。这艘大船，不仅载有裴航，还载有裴航与云英爱情故事中的第二个重要人物，那就是樊夫人。

樊夫人，即樊云翘，为刘纲之妻。据考证，刘纲为三国东吴下邳（今江苏下邳）人。又据东晋葛洪《神仙传》载，刘纲，字伯鸾，曾任上虞（今属浙江绍兴）县令。他们夫妻二人均得道术，并经常斗法，每每以樊云翘胜出。最后，二人均升天成仙。

樊夫人画像

唐人白居易作《酬赠李炼师见招》曰："刘纲有妇仙同得,伯道无儿累更轻。"另外,可参看裴铏《传奇》中的《樊夫人》。看来,三国时得道成仙的樊夫人,可以穿越时空,来到中唐,帮科场失意的裴航在情场上找回自信。裴航对有着"国色天香"美誉的同行者樊夫人仰慕不已,却没有见面的机会。这时候,他想到了樊夫人的侍妾袅烟。这是古代才子追求佳人常用的方法。裴航赋情诗一首,意思是说想与樊夫人结秦晋之好,并由袅烟转交樊夫人。然而,裴航没有等到他所希望的结果。于是,他又是准备名酒,又是准备奇珍异果,让袅烟送给樊夫人。此时的樊夫人,或许是觉得有必要将事情交代清楚了。在袅烟的安排下,裴航与樊夫人见面了。裴航几乎被"举止烟霞外人"的樊夫人的美惊呆了,错愕良久。樊夫人开门见山地说:"我有丈夫了,现在在汉南县(今湖北省襄阳市宜城县)做县令,打算弃官归隐。这次乘船回去就是与他一起生活,感谢你对我的好意,也感谢你与我一同坐船。至于留盼他人,也不是我应该做的事。"裴航深知此番话的内涵,连忙说道:"不敢造次!不敢造次!"后来,裴航收到樊夫人的回诗,曰:"一饮琼浆百感生,玄霜捣尽见云英。蓝桥便是神仙窟,何必崎岖上玉清?"此诗暗示裴航将在蓝桥遇到自己心爱之人云英。首句提示裴航在饮用清甜的浆水后,将百感交集。第二句是说裴航见到云英的前提是捣好仙药。第三、四句是说蓝桥便是神仙住的地方,何必再枉费时间与精力去寻找神仙的住处。总之,樊夫人通过赋诗的方式,回应了裴航对爱情的渴望,预示了裴航爱情的归宿。至此,樊夫人已完成牵线搭桥的任务。船只停靠于襄阳,樊夫人携袅烟下船后,不知踪迹。这种来无影、去无踪,正是神仙的做法。而作为凡人的裴航,在襄阳下船后,四处寻找主仆二人而未果。其实,樊夫人是特意在襄阳下船,为裴航的蓝桥之会创造条件的。当然,在正式的蓝桥相会之前,还有一位重要人物的出现,那就是老妪。

裴航寻找樊夫人未果,重新回到船上,开始整装向长安进发。到蓝桥时,裴航已是口干舌燥。于是,裴航便不可避免地与提供浆水的老妪相见了,老妪看到裴航来讨水喝,高声叫道:"云英,快端一瓮水来,有位客官渴了。"老妪的话,瞬时让裴航想起了樊夫人的赠诗。但云英却并没有直接走出屋子,而是隔着布帘,将水瓮递了出来,裴航一饮而尽。当裴航还回水瓮,揭开布帘进屋时,看到了令人惊艳的云英。小说这样描写裴航第一次见到云英时的表情与神态:"航惊怛,植足而不能去。"一个"植"字,将裴航对云英的爱慕之情淋漓尽致地表现了出来。不过,裴航在"惊怛"之余,开始考虑如何获得云英的芳心。当然,所有的前提都需得到老妪的认可。裴航的第一步计划,就是

蓝桥相会

要在老姬家暂时住下来。于是，他向老姬提出请求，说："我一路风尘仆仆，人困马乏，需要修整，不知可否在您处打扰几日？"老姬对裴航的请求，满口答应。裴航利用在老姬家修整的宝贵时间，加紧对老姬的感情投资，以赢得老姬的好感。同时，裴航又与云英加强沟通与交流，逐渐从相互信任，发展到相互有好感。在一切都顺利进行的情况下，裴航开始了他的第二步计划，那就是向云英求婚。这个计划仍然需要征得老姬的同意。这次老姬并没有像第一次那样爽快地答应，而是给裴航出了一道难题，那就是寻得一个捣药的玉杵臼。为了爱情，裴航已然将科举考试之事抛置脑后，答应老姬以百天为期，寻得玉杵臼。同时他也要求老姬在规定期限内，不许将云英许配给他人。玉杵臼在蓝田这样的小地方是没有的，裴航只得从蓝田来到长安。在长安的青楼、闹市、通衢，裴航高声叫买玉杵臼，众人以疯狂之人视之。数月之后的某一天，裴航遇到一位卖玉的老人。通过这位老人，裴航终于找到一位姓卞的卖玉杵臼者。不过，这位卞老开口索要二百缗钱。裴航囊中羞涩，只得将自己的仆人和马匹通通卖掉，才勉强够数。
裴航带着玉杵臼，又从长安回到蓝桥，兑现了当初对老妪的承
诺。老妪为裴航的执着感动不已，呼之曰信义之士。至此，裴航
已顺利通过老妪这一关。此时，云英却又有话要说："你还是捣
仙药百天之后，再来说婚娶之事吧。"之后，裴航捣药百天，日
夜为之。更为神奇的是，在裴航每天捣药休息后，老妪房内还有
一只玉兔继续着裴航的工作。在所有任务都完成后，裴航迎来了
自己一生中最为重要的大事——与云英成婚。小说这样描写道：

> 逡巡，车马仆隶，迎航而往。别见一大第连云，珠扉晃日，
> 内有帐幄屏帏，珠翠珍玩，莫不臻至，愈如贵戚家焉。仙童侍
> 女，引航入帐就礼讫。航拜妪，悲泣感荷。……及引见诸宾，多
> 神仙中人也。

其实，这时候的裴航才真正意识到，自己进入了神仙窟，不
仅自己的新娘是神仙，之前指引自己的樊夫人，以及成全自己的
老妪，都是神仙。那么，在这个神仙窟里，唯一的一个凡人，该
如何成仙呢？作为颇具眼力的老神仙，老妪指出裴航具有成仙的
基因，因为他是汉代清灵真人裴玄仁的后裔。当然，仅有基因还
远远不够，还需要后天的服药与修炼。老妪让裴航携妻进入华山
的玉峰洞进行修行，服用绛雪、琼英等丹药。后来体性清虚、毛
发绀绿，飘飘然而成仙。其实，裴航能得道成仙，还有一点，那

就是"虚其心，实其腹"，亦即扫除内心的私心杂念，追求精足、气满、神全，而达到修炼的最高境界。"虚其心，实其腹"，也是裴航与好友卢颢在蓝桥驿相见，赠送的得道箴言，对今人也是颇具启示意义。总之，裴航与云英在蓝桥具有传奇色彩的相会，不仅成就了二人的爱情与婚姻，还成就了裴航的得道升仙。

裴航在传奇中完成与云英的结合，对我们还是具有一定的启示意义：一是裴航为爱情而放弃科考，对于追求功名的古代士人来说，是需要很大的勇气与毅力。二是裴航为爱情而倾其所有。裴航寻找玉杵臼的过程，亦即是其追寻爱情的过程。当其找到时，倾其所有而不悔。这是对爱情的执著，也是对爱情的珍重。三是裴航因为爱情而得道。裴航追求爱情的过程，实际上是在践行老子"虚其心，实其腹"的得道过程。所以，裴航获得爱情之后，能够得道成仙，是势所必然。

正是裴航与云英具有浪漫色彩的爱情，在后代文学中形成了一个蓝桥母题，主要是表现在以下几个方面：一是文献的收录与更改。据考证，目前收录此篇小说的文献，主要有宋代皇都风月主人的《绿窗新话》、计有功的《唐诗纪事》、罗烨的《醉翁谈录》，明代洪楩编印的《清平山堂话本》、余象斗的《万锦情林》、余公仁的《燕居笔记》、王世贞的《艳异编》、冯梦龙的《情史》，清代的《女聊斋志异》等。另外，还有《四库全书》中的《山西通志》《陕西通志》等。这些文献在收录时，或作增删，或作改易。二是文学作品中的用典。蓝桥故事中的"玉杵"

"玉臼""玄霜",以及"蓝桥""裴航""云英"等,在诗词文戏曲等文体中,已化为爱情的意象。三是蓝桥故事的改编。蓝桥故事在后代的改编主要体现在戏剧上,如元代庚天锡有杂剧《裴航遇云英》、徐畛有戏文《杵蓝田裴航遇仙》,明代云水道人的《蓝桥玉杵记》,清代黄兆森有杂剧《蓝桥驿》等。这些改编的作品,在一定程度与原作的旨趣相去较远,教化色彩较为浓厚。概言之,蓝桥母题以浪漫色彩、执着精神、虚实成道的特点,成就了又一爱情篇章。

(二) 人鬼情未了

人鬼之恋在志怪爱情小说中颇有一定的分量,如唐传奇中的《任氏传》《李章武传》等,宋元传奇中的《李英华》《钱塘异梦》等,清人蒲松龄的《聊斋志异》更是佳篇颇多,如《画皮》《聂小倩》《阿宝》等。而在诸多人鬼之恋的篇什中,《聂小倩》无疑是其中的代表作。本文所述的《聂小倩》,以张友鹤"三会"本为依据。

《聂小倩》的男女主人公分别是宁采臣与聂小倩。他们的爱情故事是从一座叫兰若的寺庙开始的。何为兰若?兰若为佛教用语,是阿兰若的简称,意为远离村落的人的住处,后泛指佛教寺院。这座寺庙位于浙江金华城北。从外观上看,这座寺庙颇为壮观,但久无人住,蘽草满地,甚为荒凉。小说如此安排宁采臣与聂小倩这对人鬼爱情故事发生的地点，其实是颇有讲究的。首先，荒凉的处所，容易让人联想到鬼怪的出没，更容易出现怪异之事。这为聂小倩的出现与遭遇营造了氛围。其次，宁、聂二人相会的地点又颇类才子与佳人相会的地点，即寺庙。究其原因，或许有两个方面：一则寺庙能提供免费食宿。这与宁采臣当时囊中羞涩不无关系。二则寺庙清静，适合读书。当时宁采臣正是去金华应试，而暂时寄宿于此。那么，宁采臣与聂小倩的爱情经历了怎样的一个过程呢？

老妪、中年妇女与聂小倩

（杨文仁绘）

宁、聂的爱情主要经历了相见、相识、相爱三个阶段。我们首先来看相见阶段。宁采臣第一次见到聂小倩，是在他来兰若寺的第一个晚上。那天晚上，他与先他而来的燕赤霞促膝谈心之后，回到屋子，久久不能入睡。此时，他听到北面房子里有人在说话。在好奇心的驱使下，宁采臣来到北屋的窗户下，看到一位中年妇女与一位老年妇女在说话。中年妇女说："小倩怎么还没有来啊？"老年妇女说："估计快要来了。"中年妇女接着又说："小倩对姥姥有所抱怨吗？"老年妇女回答道："抱怨倒没有，只是她的精神状态不是很好，老是皱着眉头。"中年妇女最后说："这个小丫头有点不识好歹了。"正在她们说着话的时候，一位大约十七八岁的年轻女子飘然而至，让她们颇为惊讶，又有点尴尬。这时候，老年妇女打圆场道："我们正在说你呢，你就悄无声息地来了，幸亏没有说你的坏话。"接着又说道："小丫头长得真标志，如同画中的人儿一样，如果我是男的，我的魂儿可能就被你勾去了。"年轻女子说道："如果姥姥都不说我好话，还有谁来说我的好话呢。"通过这段对话，我们大致可以做出这样几个判断：一是聂小倩的一些行动被"姥姥"所控，二是聂小倩对"姥姥"安排的行动，内心有不满的情绪，三是聂小倩长得貌美，性格外向。以上三点，或许就是宁采臣对聂小倩的初步印象。

而宁采臣与聂小倩第一次面对面的相见，仍然是在那个晚上，不过地点是在宁采臣所住的房间。宁采臣由北屋回到自己的房间后，睡意朦胧，在半梦半醒之间，感觉有人进入了他的房间，于是急忙起床想看个究竟，原来是刚才在北屋看到的，被称为小倩的年轻女子造访。我们且看小说的描写：

女笑曰："月夜不寐，愿修燕好。"宁正容曰："卿防物议，我畏人言；略一失足，廉耻道丧。"女云："夜无知者。"宁又咄之。女逡巡若复有词。宁叱："速去！不然，当呼南舍生知。"女惧，乃退。至户外复返，以黄金一锭置褥上。宁掇掷庭墀，曰："非义之物，污吾囊橐！"女惭，出，拾金自言曰："此汉当是铁石。"

这段话的大致意思是说，聂小倩以色诱惑宁采臣时，宁采臣从廉耻方面严厉叱责她。在这种诱惑不能奏效的情况下，聂小倩又以金钱相诱，宁采臣则将黄金扔于屋外。两种诱惑均告失败，聂小倩从心里

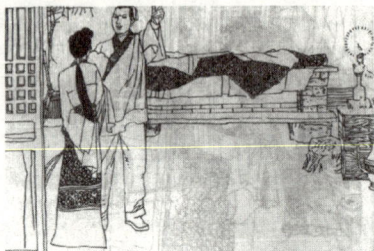

宁采臣叱聂小倩（杨文仁绘）

佩服宁采臣的为人，称之为铁石心肠。从这段描写，我们大致可以看出，聂小倩此次到来，目的非常明确，那就是以色和财诱惑宁采臣。同时，聂小倩的行动应该是受人指使与控制。这段描写在一定程度上，照应了前文中述及的中年妇女与老年妇女的对话。

宁、聂的第一次见面是在双方的对抗中结束的。宁采臣拒绝了色相与金钱，显露其"廉隅自重""生平无二色"的个性。而聂小倩在被宁采臣两度拒绝后，不仅没有责怪他，反而对其品德产生了由衷的景仰。这为她与宁采臣的爱情继续发展奠定了坚实的基础。

宁采臣与聂小倩在经历第一次不打不相识的见面之后，开始了他们爱情的第二个阶段，那就是相识阶段。在聂小倩第二次来到宁采臣房间之前，兰若寺发生了一件奇异之事。那就是兰溪书生主仆二人，相继死于非命。他们的死亡症状极为相似，即脚底均出现锥刺小孔，并有细血流出。燕赤霞判断，应该是鬼魅所

为。其实，我们也大致猜测得到，应该是聂小倩受人指使而为。兰溪书生主仆二人，显然是没有抵挡住色相与金钱的诱惑，而命丧黄泉。

当兰若寺笼罩在恐怖的气氛中的时候，聂小倩在半夜时分，第二次来到宁采臣的住处。我们再看小说的描写：

宵分，女子复至，谓宁曰："妾阅人多矣，未有刚肠如君者。君诚圣贤，妾不敢欺。小倩，姓聂氏，十八夭殂，葬寺侧，辄被妖物威胁，历役贱务；腆颜向人，实非所乐。今寺中无可杀者，恐当以夜叉来。"宁骇求计。女

聂小倩向宁采臣倾诉
（杨文仁绘）

曰："与燕生同室可免。"问："何不惑燕生？"曰："彼奇人也，不敢近。"问："迷人若何？"曰："狎昵我者，隐以锥刺其足，彼即茫若迷，因摄血以供妖饮；又或以金，非金也，乃罗刹鬼骨，留之能截取人心肝：二者，凡以投时好耳。"宁感谢。问戒备之期，答以明宵。临别泣曰："妾堕玄海，求岸不得。郎君义气干云，必能拔生救苦。倘肯囊妾朽骨，归葬安宅，不啻再造。"宁毅然诺之。因问葬处，曰："但记取白杨之上，有乌巢者是也。"言已出门，纷然而灭。

这段描写告诉了我们多方面的重要信息：一是聂小倩之名正式出现。二是确认聂小倩为女鬼，十八岁夭亡，并葬于寺庙之侧。三是确定之前的两种诱惑是致命诱惑：以色相诱惑，是供妖饮血；以金钱诱惑，是截取心肝。四是宁采臣将是夜叉下一个袭击的目标。五是燕赤霞是奇人，鬼怪不敢近之。六是聂小倩提出归葬嘱托。其中前三个信息，是对于前文诸多疑问的解释。通过这种解释，我们知道了聂小倩悲惨的出身，以及她对受控的厌烦。后三个信息，则为下文的情节作铺垫。特别是聂小倩冒险告知与请托归葬二事，让我们感受到宁、聂二人的感情已经得到进一步的发展。他们已经相互信任、相互信赖了。

如果将宁、聂的这次见面与他们第一次见面进行比较，我们就会发现，聂小倩开始了由鬼性向人性的转变。说其鬼性，主要是指其原来完全受控而做伤天害理之事，比如以色相和金钱引诱宁采臣。说其人性，主要是指其将鬼妖内部的秘密之事，和盘托出。请求宁采臣帮其归葬，也是希望自己将来得到安宁。宁采臣对聂小倩的态度由原来的"叱之"变成现在的"诺之"。总之，这些转变的背后，在很大程度上是双方感情的催化。

在相识之后，宁、聂二人的感情得到进一步地升华，开始上升到相爱阶段。这个阶段是从宁采臣与聂小倩的第三次见面开始的。在与聂小倩第二次见面时，宁采臣答应聂小倩归葬其枯骨。按照聂小倩先前的提示，宁采臣在一棵有乌鸦筑巢的白杨树旁找到了聂小倩的枯骨，将其用衣服包好，租船回家。回到家中，宁采臣在自己书房的外面，找了一块空地，将聂小倩的枯骨埋葬，并筑起一座坟茔。葬毕，宁采臣祷告道：

聂小倩感谢宁采臣
对自己枯骨的埋葬
（杨文仁绘）

怜卿孤魂，葬近蜗居，歌哭相闻，庶不见陵于雄鬼。一瓯浆水饮，殊不清旨，幸不为嫌！

这一祷告大致意思是说：可怜你这个孤魂野鬼，把你安葬在我这个蜗居之旁。我们能够相互听见歌声与哭声，让你避免再受厉鬼的欺凌。现奉上一杯浆水，谈不上清澈甘甜，希望你不要嫌弃。从这一祷告中，我们可以看出宁采臣对聂小倩已生爱怜之情。祷告完毕后，宁采臣正准备离开，这时候聂小倩出现了。聂小倩深情地说："采臣你这样讲信义，我即使死了十次，也不能报答你。那我跟你一起回家吧，去拜见你的父母，给你做婢女，我也不后悔。"宁采臣被这突如其来的幸福吓得有点不知所措，呆呆地看着眼前这个美丽的女鬼。之前两次相见都是半夜，这次是白天，看得更为真切。原来女鬼也是这般美丽。白里透红的肌肤，如同细笋的双脚。真可谓惊艳无双。

宁采臣与聂小倩的这次见面，毫无悬念地向我们宣告，他们相爱了。但是，他们要将爱情转化成婚姻，永久地在一起，有两

宁母答应收留聂小倩（杨文仁绘）

件事必须要完成：一是必须征得宁母的同意，二是等待病重的宁妻去世。从宁母刚开始对聂小倩的态度来看，我们还是能感知到聂小倩要完成第一项工作的艰巨性。原因有三：一是宁母对聂小倩本能地害怕，毕竟人鬼有别。二是宁母到了晚上，不安排被褥，意思是还没有完全接纳聂小倩。当然，宁采臣在没有征得母亲的同意下，也不敢擅自留宿聂小倩。三是宁母要求儿媳妇为宁家传宗接代。这三方面，聂小倩知道自己一时难以完成与改变。那么，她唯一能做的就是让时间来改变，让行动去说话。我们且看小说描写聂小倩的一天生活："女朝旦朝母，捧匜沃盥，下堂操作，无不曲承母志。黄昏告退，辄过斋头，就烛诵经。觉宁将寝，始惨然去。"这种日出而入、日落而出的生活，无疑在慢慢地改变着宁母的态度。宁母待她越来越像自己的女儿一样，有时候竟会忘记她是鬼，晚上也不再忍心赶她走了，而是留她同睡同起了。看来，宁母这一关已经顺利通过。在此，我们不得不佩服，聂小倩为获得自己的爱情与幸福，做出的化不可能为可能的努力。聂小倩的第二个任务，其实不需要付出多大努力，只需时间的推移。在聂小倩来宁家一年多以后，病重的宁妻过世了。宁母开始考虑为儿子续弦，聂小倩当然是理想人选，只是娶鬼为妻，怕是对儿子不利。聂小倩猜到宁母的心思之后，再次为自己的爱情与婚姻而努力，特别是打消了宁母对自己是否能传宗接代的疑虑。在扫除一切障碍之后，宁采臣正式娶聂小倩为妻，并大摆宴席，告知所有的亲朋好友，自己再婚了，还娶了一位貌如天仙的女人。至此，宁采臣与聂小倩的爱情开始升华至婚姻，有情人终于走到了一起。

如果宁采臣与聂小倩是才子与佳人，那么，他们走到了一起，基本上标志着他们的爱情故事进入了尾声。但是，我们的女主角是个女鬼，她还必须要解决一些后顾之忧，以避免给自己的婚姻带来毁灭性的

宁采臣与聂小倩成婚（杨文仁绘）

打击。那么，聂小倩的后顾之忧是什么呢？那就是曾经控制过她的夜叉。我们知道，聂小倩当时逃离兰若寺，是在宁采臣的帮助下，才得以成功的。试想聂小倩从兰若寺逃离后，前文述及的中年妇女与老妇女，肯定会寻找。而且，那个夜叉迟早会找到聂小倩的，到那个时候，她与宁采臣的婚姻将会受到极大的威胁。所以，聂小倩的当务之急是消除夜叉的骚扰。这时候，她想到了燕赤霞曾送给宁采臣的破旧皮囊。这个皮囊不是等闲之物，它是剑仙装人头用的，用得如此破旧，按照聂小倩的说法，不知杀死多少妖孽。一个皮囊如何杀死妖孽呢？小说描写得颇为神奇。当时，聂小倩把皮囊挂在门上，夜叉靠近想要去摘皮囊时，说时迟

那时快，皮囊里突然冒出一个神怪，一把将夜叉拉到皮囊之中。皮囊迅速膨胀，然后就悄无声息了，接着皮囊又恢复了原状。宁采臣被眼前的一幕惊呆了，而聂小倩在一旁欢呼道："没事了！没事了！"他们走到皮囊跟前，看到的不过是一斗清水而已。聂小倩在扫除最后一个障碍后，终于可以与宁采臣幸福地生活在一起了。小说用极其简省的笔墨，交代了他们后来的生活，"后数年，宁果登进士。举一男。纳妾后，又各生一男，皆仕进有声"。这一交待，既为小说画上了一个完整的句号，又为这段人鬼之情增添了一个美丽的结局。

综观宁采臣与聂小倩这对人鬼恋人，我们发现他们的性格有其独特之处。其中，宁采臣的外冷内热的个性特别明显。外冷的个性最为突出的表现是在他们初次见面时，宁采臣完全将聂小倩拒之于千里之外。这与《青凤》中的耿生、《辛十四娘》中的冯生，完全不是一个类型的人物。同时，宁采臣又有其热情的一面，比如乐意帮助聂小倩归葬枯骨等。而聂小倩与宁采臣相比较，在性格方面却有互补性，她的个性突出表现为外热内敛。她与宁采臣的第一次见面表现出的大胆泼辣，几乎完全抛弃了女性应有的含蓄与矜持，"外热"得有点让人莫名惊诧。但是，聂小倩在求爱的道路上，却又颇为讲究技巧，比如与宁采臣第三次见面后，在宁家颇有耐心的表现，让人觉得其很有女人味。总之，性格互补的男女主人公，在人鬼情未了的路上走得很远，在艺术上也很真实。

（三）雷峰塔的诉说

"法海你不懂爱，雷峰塔会掉下来……"龚琳娜的一首《法海你不懂爱》，曾经红遍了大江南北。它再次勾起了我们对白蛇故事的关注。白蛇故事的最初文本是宋元时期话本小说《西湖三塔记》。到明末时期，冯梦龙对已有的白蛇故事进行了改编，名之曰《白娘子永镇雷峰塔》（下文简称《白娘子》），收录于《警世通言》。何为雷峰塔？据史料记

雷峰塔

载，雷峰塔最早建于五代十国时期，由吴越王钱俶因皇妃得子而建，故又称"皇妃塔"。因建地在雷峰，后人称之为"雷峰塔"。雷峰塔历经损坏、重修，又损坏、又重修，最终于1924年坍塌，2002年重建。"雷峰夕照"曾是西湖十大美景之一。雷峰塔不仅具有美不胜收的景致，还从话本小说《白娘子永镇雷峰塔》开始，正式与跌宕传奇的白蛇故事息息相关。

我们首先从男主角许宣说起。许宣，临安府人氏，22岁，排

列小乙（即第一），自幼父母双亡，寄居其姊家，在表叔李将仕的生药铺做主管。将仕，即"将仕郎"的简称，唐宋时为九品下，后亦指无官职的富人，此处当指第二种。在清明节那天，许宣请假去保叔塔烧香祭祀祖先，回来的时候却下起了雨，只得乘船而归。在他上船后不久，女主角白娘子出现了。小说这样描写了她的外貌："头戴孝头髻，乌云畔插着些素钗梳，穿一领白绢衫儿，下穿一条细麻布裙。"这段描写与下文白娘子自述为亡夫上坟相互印证。小说还描写了白娘子身边另外的一个人："身上穿着青衣服，头上一双角髻，戴两条大红头须，插着两件首饰，手中捧着一个包儿。"此人无疑就是白娘子的丫鬟青青了。这样，许宣与白娘子的爱情即从这条船上开始了。

在船上，白娘子表现主动。我们从这几方面就可以看出：一是频送秋波。这既是白娘子向许宣示爱的一种表现，又是进一步引诱的前提与基础。二是打探许宣的排行与府第。这既是了解许宣的基本情况，又为以后寻找许宣作铺垫。三是主动邀请许宣到家里做客。这一邀请除客套外，还让许宣明确知道自家的位置，便于其拜访。相比较而言，许宣的表现颇为被动与局促。比如他被白娘子的秋波弄得心猿意马，又如他模仿白娘子打探自己的方式，去打探白娘子的情况。

然而，上述情况并不能保证许宣与白娘子有进一步交往的机会，于是小说精心设计了一个借伞的情节。当许宣与白娘子都在涌金门上岸后，各自走向回家的路。这时候，许宣来到李将仕兄弟的生药铺，想借一把伞。或许是为了李将仕的脸面，其弟让伙计老陈将铺中最为珍贵的一把好伞借与许宣，并再三叮嘱要善待此伞。许宣借了此伞急忙忙地往回赶，毕竟天色已晚。走了不到十分钟的路程，许宣突然听到背后有人喊他。他回过头来，又看见了那位令人怦然心动的白娘子，只是少了那个陪伴的丫鬟。白娘子一副令人怜惜的模样，许宣当然不能错过这一怜香惜玉的机会，当即慷慨地将伞借给了

隐隐山藏三百寺，依稀云锁二高峰
（明金陵兼善堂本）

她，并补了一句"明日小人自来取"。这样，一借一取，显然就制造了两次见面机会。其实，此时的许宣已经被白娘子迷得神魂颠倒，小说如此描写道："当夜思量那妇人，翻来覆去睡不着。梦中共日间见的一般，情意相浓，不想金鸡叫一声，却是南柯一梦。"第二天，许宣急不可耐地要去与白娘子相见，甚至不惜以撒谎请假的方式来得到这次机会。此亦足见恋爱中的人有何等不一般的心理。许宣按照白娘子之前提供的住址，来取回他那把珍贵之伞。但是，许宣转悠半天，得到的结果却是查无此人。此时，青青出现了，将许宣带到白娘子的家中。此处最为显著的参

照物，即对门为秀王府。许宣第一次来到白娘子的家，与白娘子第三次相见。这次相见不同于在船上和借伞时的两次相见。白娘子极尽地主之谊，热情招待心中的恋人。而许宣在被热情招待的过程中，享受着未曾有过的异性的关爱。在双方都沐浴在爱的阳光里的时候，天色已晚，许宣准备告辞回家。这时候，白娘子再次制造下一次见面机会，那就是让许宣明天再来取伞。许宣乐在其中，当然不在话下。次日，许宣再次来到白娘子的家，与白娘子第四次见面。这次见面，在前三次见面的基础上，他们二人的关系更进一步了，已到了谈婚论嫁的程度了。且看小说的精彩描写：

至次日，又来店中做些买卖。又推个事故，却来白娘子家取伞。娘子见来，又备三杯相款。许宣道："娘子还了小子的伞罢，不必多扰。"那娘子道："既安排了，略饮一杯。"许宣只得坐下。那白娘子筛一杯酒，递与许宣，启樱桃口，露榴子牙，娇滴滴声音，带着满面春风，告道："小官人在上，真人面前说不得假话。奴家亡了丈夫，想必和官人有宿世姻缘，一见便蒙错爱，正是你有心，我有意。烦小乙官人寻一个媒证，与你共成百年姻眷，不枉天生一对，却不是好。"许宣听那妇人说罢，自己寻思："真个好一段姻缘。若取得这个浑家，也不枉了。我自十分肯了，只是一件不谐：思量我日间在李将仕家做主管，夜间在姐夫家安歇，虽有些少东西，只好办身上衣服，如何得钱来娶老小?"自沉吟不答。只见白娘子道："官人何故不回言语？"许宣道："多感过爱，实不相瞒，只为身边窘迫，不敢从命。"娘子道："这个容易。我囊中自有馀财，不必挂念。"便叫青青道："你去取一锭白银下来。"只见青青手扶栏杆，脚踏胡梯，取下一个包儿来，递与白娘子。娘子道："小乙官人，这东西将去使用，少欠时再来取。"亲手递与许宣。许宣接得包儿，打开看时，却是五十两雪花银子。藏于袖中，起身告回。青青把伞来还了许宣。许宣接得相别，一径回家，把银子藏了。

　　这次见面以对话和心理描写为主，将白娘子对爱情的坦诚和追求，以及许宣对爱情的渴慕与窘迫，均一一展现在读者面前。当他们的爱情发展到这里，我们似乎听到了迎亲的唢呐声，看到了穿着鲜艳的迎亲队伍。然而，小说却用惊悚的笔触，设置了两次官司，改变了许宣，也改变了许宣与白娘子的爱情。

　　第一场官司是来自白娘子赠送的五十两白银。许宣拿着白娘子送给他的五十两白银，回到家中，谎称是自己多年积蓄的私房钱，并交给其姐，以备购置结婚用品。当其姐将白银拿出来时，其姐夫李仁一眼就认出，这些钱是邵太尉库内丢失的五十两白银。原来李仁是南廊阁子库募事，是为邵太尉管钱粮的主管。在权衡利弊之后，李仁向官府举报了自己的内弟。许宣随即被捕，遭审讯后，道出了此五十两白银来源于白娘子。于是，官府立派衙役前往白娘子的家搜查。结果是白娘子没有抓着，却找到了四十九两白银。此段公案，以许宣发配苏州告终。

　　小说描写许宣遭受的第一次灾难，明显将责任推给了白娘子。而许宣遭受了此次灾难，心里的所有委屈也同样归咎于白娘子。这样，小说中的许宣与小说的作者，似乎找到了共同点，从而为这段爱情埋下了祸患的种子。

　　第二场官司是来自白娘子在苏州赠送给许宣的一套行头。在这一场官司之前，我们还是先了解一下许宣到达苏州后的生活。许宣发配到苏州后，得到李将仕的好友范院长与王主人的照顾，实行的是监外执行，住在王主人家。此处的院长为狱吏，或即典狱长，如同《水浒传》中的戴宗戴院长。半年之后的一天，白娘子携带青青来到苏州，并找到王主人，要与许宣相见。刚开始，许宣颇有抵触情绪，毕竟吃了官司，又遭发配，便将所有的怒气都撒在白娘子身上。而经过白娘子一番诚心诚意地解释，又在王主人及青青的劝说下，许宣对白娘子所有的怨恨都烟消云散了。而且，在王主人母亲的撮合下，许宣答应于十一月十一日，与白娘子举办婚礼。至此，许宣与白娘子的爱情正式走向婚姻。

　　然而，困扰许宣与白娘子感情的，仍然是白娘子的出身。之前，白娘子也多次解释自己神奇的行踪，许宣虽心有疑惑，终未识破。但这一次在苏州，一位终南山道士差一点让白娘子的出身暴露。那是二月十五，苏州人有去承天寺看卧佛的习俗。天性喜爱热闹的许宣，当然不会错过这样看热闹的机会。当他在承天寺看完卧佛、游完诸殿出来时，一位终南山道士告诉他，他被妖怪缠身了,如果想要活命,必须使用他的二道灵符,一道在半夜三更时焚烧,一道放在自己的头发里。许宣回家后,按照道士的方法做了,却被白娘子意外发现,许宣只得如实相告。第二天,白娘子拉着许宣一同去找那位道士理论。那道士信誓旦旦地说,如果白娘子吃下他的灵符,将原形毕露。但是,白娘子吃下去后并没有出现道士所预期的情况。道士在众人的一片唾骂声中,脚底抹油,溜之大吉。在事实面前,许宣再次平息了白娘子是妖怪的传言。从另外一方面看,此事也讽刺了一些假道士的嘴脸。

　　一波刚平,一波又起。白娘子的出身事件刚刚消停,许宣的第二场官司又紧接而至。原来每年佛祖的诞辰,即四月初八,承天寺都要做法事。对于这样一个重要日子,许宣当然不会错过。白娘子也为许宣精心打扮一番。小说描写道:"许宣着得不长不短,一似像体裁的,戴一顶黑漆头巾,脑后一双白玉环,穿一领青罗道袍,脚着一双皂靴,手中拿一把细巧百摺描金美人珊瑚坠上样春罗扇。"这套行头,倒是让许宣看起来像个官人的模样。殊不知,其背后却隐藏着极大的风险。当穿着体面的许宣沉浸于热闹当中,却突然被一班公人当众拿下。原因是许宣的一套行头,正是周将仕典当行里丢失的金银细软的一部分。在被官府审讯过程中,许宣交待了自己行头的来源,是其妻白娘子准备的。于是,当差的押着许宣,又前往王主人家捉拿白娘子。当然,白娘子毫无踪迹。当差的只得将王主人捉拿到官府。王主人明确告诉法官,白娘子是妖怪。后来,周将仕丢失的金银细软失而复得，只是少了头巾、绦环、扇子并扇坠，这些就是许宣身上穿戴的，自然也就物归原主了。这样，周将仕私下与法官说情，只将许宣以小罪处置，发配镇江。

这次发配镇江，在李仁的帮助下，许宣又是监外执行，寄住在李仁好友李克用的家中，并在李克用生药铺中做主管。当然，白娘子又跟着许宣来到了镇江，并住在了李克用家附近。一抔从天而降的熨斗灰，又让许宣与白娘子相见。且看他们二人的这次见面：

许宣怒从心上起，恶向胆边生，无明火焰腾腾高起三千丈，掩纳不住，便骂道："你这贼贱妖精！连累得我好苦，吃了两场官事！"恨小非君子，无毒不丈夫。正是：踏破铁鞋无觅处，得来全不费工夫。许宣道："你如今又到这里，却不是妖怪？"赶将入去，把白娘子一把拿住，道："你要官休，私休？"白娘子陪着笑面，道："丈夫，'一夜夫妻百夜恩'，和你说来事长。你听我说，当初这衣服都是我先夫留下的，我与你恩爱深重，教你穿在身上，恩将仇报，反成吴越。"许宣道："那日我回来寻你，如何不见了？主人都说你同青青来寺前看我，因何又在此间？"白娘子道："我到寺前，听得说你被捉了去，教青青打听不着，只道你脱身走了。怕来捉我，教青青连忙讨了一只船，到建康府娘舅家去。昨日才到这里。我也道连累你两场官事，也有何面目见你！你怪我也无用了，情意相投，做了夫妻，如今好端端难道走开了？我与你情似泰山，恩同东海，誓同生死。可看日常夫妻之面，取我到下处，和你百年谐老，却不是好！"许宣被白娘子一骗，回嗔作喜，沉吟了半晌，被色迷了心胆，留连之意，不回下处，就在白娘子楼上歇了。

白娘子一番动之以情晓之以理的解释，加上女性特有的娇柔，许宣再次与白娘子和好如初。然而，白娘子的出身最终还是在李克用家曝光了。当许宣带着白娘子与李克用及其家人一一见过，哪知道，李克用是位好色之徒，准备在庆祝自己生日之际，对白娘子实施不轨行为。六月十三日，李克用大摆宴席，宴请亲眷、邻友、主管等人，许宣与白娘子也在宴请之列。当然，李克用醉翁之意不在酒，而在于白娘子。那么，李克用的计谋是怎样筹划的呢？原来，李克用在自己的生日之前，交代了一位心腹养娘（婢女），如果生日那晚白娘子要上厕所，就让她将其引至一间僻静的房子里去。一切如同李克用的意料，白娘子被养娘引至那间僻静屋子。李克用随即赶到。不过，他通过窗户看到的景象，差点将其吓死。原来，白娘子现出原形，变成了一条吊桶粗的大白蛇，两眼似灯盏，发出金光。

当然，李克用并没有将其所见告知众人，而白娘子却知道李克用看见了自己的原形。于是，白娘子借故让许宣搬出李家，租赁一个店面来经营许宣的老本行，即生药铺。生意一天比一天红火。生意上的红火，并没有改变许宣爱热闹的本性，以及对佛的虔诚。金山寺是镇江有名的寺庙，七月七日是英烈龙王的生日，加上金山寺小和尚的邀请。许宣欣然答应前往金山寺烧香拜佛，并和白娘子约法三章，即不去方丈内室，不与和尚说话，速去速回。然而，这三个方面许宣均未做到，反而在金山寺撞见了令白娘子恐惧的法海禅师。白娘子虽然在金山寺躲过一劫，但其蛇精变人的出身已暴露无遗。

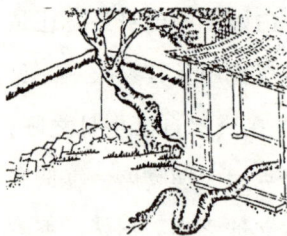

心正自然邪不扰，

身端怎有恶来欺

（明金陵兼善堂本）

法海的出现使许宣与白娘子的爱情遭受灭顶之灾。许宣在金山寺彻底知道白娘子是蛇妖后，一方面内心充满恐惧，或许这是人对妖的本能反应；另一方面对白娘子的感情也发生了转折性的变化。在许宣遇赦返回杭州后，白娘子再次跟随至杭州，但不论白娘子如何解释，许宣先是惊得"战战兢兢，半晌无言可答，不敢走近前去"，后又"缠不过，叫道：'却是苦耶！'"不仅如此，他还聘请善捉蛇者戴先生，利用雄黄药水，来捕捉白娘子。结果可想而知，如同前文述及的终南山道士。许宣仍然不肯善罢甘休，又来到西湖南岸的净慈寺，问法海禅师可曾来否。许宣为何来此寺寻找法海呢？原来，在镇江金山寺许宣与法海分别时，法海曾说如果白娘子再来纠缠，即来净慈寺找他，并作临别诗道：

"本是妖精变妇人，西湖岸上卖娇声。汝因不识遭他计，有难湖南见老僧。"但是，这次并没有找到法海，许宣感到生活无望，欲跳湖寻短见。此时，法海出现了，阻止了许宣的自杀。法海告知许宣使用盂钵劈头一罩，便可将白娘子擒住。许宣果然将白娘子罩住，等待法海的审判。在法海面前，白娘子与青青原形毕露，白娘子是西湖一条大蟒蛇所变，青青是一条千年成气的青鱼精所化。法海将装有白娘子和青青的盂钵，埋于雷峰寺前，并筑一层塔身。许宣通过化缘，又砌成七层宝塔，让白娘子与青青永无出世之日。最后，许宣剃发为僧，拜法海为师，修行数年后，坐化而去。许宣与白娘子的爱情以如此悲剧收场，多少让人唏嘘不已。

综观《白娘子》中的许宣与白娘子的爱情故事，我们需要认识这样几点：一是许、白爱情是悲剧性的。不仅表现在白娘子苦苦追求的爱情没有得到，而且还表现在许宣亲手断送了他们的爱情。二是许宣在爱情中的被动、懦弱、疑虑，显示其对爱情真谛尚未完全把握。三是法海的无情是造成此段爱情走向毁灭的重要外在因素。

在明代之后，人们仍然乐此不疲地对白蛇故事进行改编，包括戏剧、小说、影视等。戏剧方面，如清初黄图珌的《雷峰塔》、乾隆时期方成培的《雷峰塔传奇》、乾隆嘉庆时期的弹词《义妖传》、今人田汉的《白蛇传》等；小说方面，如嘉庆时期的玉山主人的《雷峰塔奇传》等；影视方面，如 1952 年由王天林、洪叔云执导的电影《白蛇传》，1992 年由夏祖辉、何麒导演的电视剧《新白娘子传奇》等。这些改编的作品，与《白娘子》相比较，有以下几个方面的特点：一是主要人物姓名的更改，如许宣改为许仙，白娘子多用白素贞之名。二是白娘子由《白娘子》中害人的蛇妖，变成一个温柔善良、忠于爱情的妇女形象。三是法海由《白娘子》中的劝人切莫贪迷女色的正面形象，变成一个破坏别人爱情的反面形象。

（四）穿越阴阳的爱恋

我们知道，明代汤显祖的《牡丹亭》，在古代戏曲史上，是一部传奇经典之作。那么，它的本事是什么呢？据胡士莹《话本小说概论》考证，《牡丹亭》本事来源于明代话本小说《杜丽娘慕色还魂》，产生的年代大约是弘治至嘉靖初期。此篇小说载于明人何大抡《燕居笔记》卷九。何大抡生平不详，仅知其为杭州人。《燕居笔记》，共十卷，合计收录传奇与话本小说 26 篇，其中有重要影响的除本篇外，还有《红莲女淫玉通禅师》《绿珠坠楼记》《拥炉娇红》等。

《杜丽娘慕色还魂》为我们讲述的是柳梦梅与杜丽娘之间的爱情故事。这一爱情故事最为传奇的是杜丽娘，她因慕色而亡，又为爱恋而生，穿越阴阳二界。杜丽娘出生于官宦之家，其父杜宝出身进士，时为广东南雄（今属韶关）知府。这样一个锦衣玉食的家庭，不仅没有宠坏杜丽娘，还为杜丽娘在智商与情商方面的发展，提供了有力的保障。小说所谓的"无书不览，无史不通，琴棋书画，嘲风咏月，女工针指，靡不精晓"，显然是其高智商的表现。而这些书史的阅读与琴棋书画的熏陶，无疑又促进其情商的高涨。一次阳春三月的踏青，让这位十六岁的少女，顿生怀春之心。那么，这是什么样的景色呢？且看小说的描写：

> 假山真水，翠竹奇花，普环碧沼，傍栽杨柳绿依依；森竿青峰，侧畔桃花红灼灼。双双粉蝶穿花，对对蜻蜓点水。梁间紫燕呢喃，柳上黄莺睆睆。纵目台亭池馆，几多瑞草奇葩。端的有四时不谢之花，果然是八节长春之草。

当时杜丽娘与婢女春香一起去后花园踏青，看到的是杨柳依依、桃之夭夭、双双粉蝶、对对蜻蜓，听到的是紫燕呢喃、黄莺鸣啭。此番情景，无疑勾起了杜丽娘无限的惆怅。一是惆怅春色恼人，二是惆怅年方二八未有佳婿，三是惆怅光阴如白驹过隙。此番惆怅与古代文人墨客的伤春惜春情怀是一脉相承的。但是，杜丽娘却不仅仅停留于伤春，还做起了自己的白日梦。在后花园里抒发了一番惆怅之情后，杜丽娘回到了闺房，靠着一张桌子睡着了，并做了一个春梦。在梦中有一个年方二十、相貌英俊的书生，拿着一枝柳条，向杜丽娘说："你饱读诗书，能用此柳条作诗吗？"面对陌生男子的询问，杜丽娘是又惊又喜，惊的是此人

　　有点冒昧，甚至有点唐突，喜的是自己心中的白马王子终于出现了。杜丽娘尚未回答那男子的问题，还在懵懂状态时，那男子一把抱起她走向牡丹亭，与她做起云雨之事。正在他们如胶似漆时，杜丽娘的母亲来到她的房间，将她唤醒。一场春梦就此戛然而止。这场春梦对于杜丽娘来说，意义非同一般。一方面梦境是心境的具化，另一方面寻梦将是必然。

　　春梦是结束了，但杜丽娘的慕色情怀却有增无减。在与母亲匆忙地吃完中饭后，杜丽娘仍然回味着刚才的梦境，以至于心神不宁，如有所失，泪眼汪汪。这种心烦意乱的心境，使得杜丽娘没有了吃晚餐的胃口。那么，漫漫长夜该如何度过呢？小说虽未描写，但我们可以想象，杜丽娘应该是辗转反侧，继续想象着自己的梦中情人。第二天，杜丽娘早早地吃过早餐，寻着梦境，再次来到后花园，查看与折柳书生相会之处。但令人失望的是，园内寂寥无声，人迹罕至，唯有一棵硕大的梅树，增添着园中的生机。杜丽娘款款地来到树下，对着梅树说："我若他日死后，定葬于此。"杜丽娘此语，颇有意味。一则与前文之折柳、春梦相联，明显意会其梦中情人即为柳梦梅；二则以梅喻其高洁；三则为后文的还魂情节做铺垫。

　　杜丽娘这次独自游园回到闺房后，对春香交代："你一定要记住，在我死后，一定要将我葬于梅树之下。"又是说死后要葬于梅树之下。一位青春少女，两次对自己的身后事做出安排。这是将为情而卒的节奏。除交代春香外，杜丽娘还让春香将文房四宝取至镜边，自画自像起来。小说这样描写杜丽娘的自画像：
"红裙绿袄，环珮玎珰，翠翘金凤，宛然如活。"画完之后，杜丽
娘让其弟杜兴文到装裱店，将自己的画像裱起来，挂在自己的闺
房中。美像需要配好诗。几天后，杜丽娘又自题诗作一首，曰：

近睹分明似俨然，远观自在若飞仙。他年得傍蟾宫客，不在
梅边在柳边。

此诗前两句从近、远两个角度，突出杜丽娘的不同特点，近
则整齐，远则如仙，无疑是一个难得的佳人。后两句是杜丽娘心
境的写照，心中恋人当为蟾宫折桂之人。梅、柳二字更是为下文
男主角的出现埋下伏笔。总之，杜丽娘完成了临终前应做之事，
包括承诺、交代、裱像、题诗等。而这一切应做之事，都围绕一
个情字展开，都是慕色惹的祸。

杜丽娘对梦中情人的思念，随着时间的推移，越来越深，竟
卧床不起。女儿的相思之病，或许并不为其父母所知。但是，可
怜天下父母心，杜宝夫妇为女儿之病，四处求医，到处拜佛，春
去夏来，自暑至寒，未有成效。有一天，杜丽娘自感归期将至，
把母亲叫到床前，一番不孝女儿不能报养育之恩的言辞之后，提
出最后的要求，那就是请求母亲将她安葬于后花园中的那棵梅树
之下。又是那棵梅树，它承载着杜丽娘太多的寄托，包括自己的爱
情与未来的希望。杜丽娘终于按照自己的意愿走完了在阳间的第一

段历程，并如愿被安葬在那棵梅树之下。后杜宝任期届满，回京述职，听候别选。而杜丽娘的墓冢却永久地留在了那棵梅树之下。

柳梦梅拾得杜丽娘自画像

继任南雄知府的是一位成都府人氏，姓柳名恩，膝下有一独子，名为柳梦梅，时年十八。据说，柳梦梅的母亲何氏梦见食梅而孕，故称其子为梦梅。因梦名子者，多不同凡响。琴棋书画、下笔成文，都不在话下。有一天，柳梦梅在收拾房间时，无意中发现了一张美人图，并将其挂于书院以观摩之。同时，柳梦梅还发现题画诗一首，心中颇为疑惑。于是，自题一首以和之，曰：

貌若嫦娥出自然，不是天仙是地仙。若得降临同一宿，海誓山盟在枕边。

前两句是对杜丽娘的诗，将柳梦梅看画后的感受和盘托出，进一步突出杜丽娘的美貌。后两句是柳梦梅心中的祈愿，如同原诗摹写杜丽娘心境一般。原诗与和诗当真是绝配的一对。双方未曾谋面，而心灵却是相通的。这样，他们二人将打破阴阳界限，水到渠成地走到一起。

正如人们所期望的那样，柳梦梅的愿望变成了现实。看完美人图的那个晚上，柳梦梅失眠了，正如《诗经·关雎》所言："窈窕淑女，寤寐求之。求之不得，寤寐思服。悠哉悠哉，辗转反侧。"半夜时分，尚未熟睡的柳梦梅感到凉风习习，香气袭人，并听到有人敲书院之门。在敲了三声之后，柳梦梅打开书院之门。站在眼前是一位美人，如同美人图一般模样。美人径直走进书院，柳梦梅亦赶忙关上院门。柳梦梅对这位半夜造访的美人，是又惊又喜，忙问道："你是谁家千金？"美人答曰："我是贵府西边的邻家女，因为仰慕公子的才情，才深夜拜访。今晚特来与公子永结秦晋之好，不知阁下是否同意？"柳梦梅当然求之不得，满面笑容地答应道："既蒙小姐错爱，小生喜出望外，哪有推却的道理？"于是，两人共枕而眠。在一番云雨之后，美人提出了几乎所有古代女性都会提出的要求，那就是既然我给了你人生最为宝贵的东西，那么你必须对我负责任，不能辜负我。柳梦梅当然是爽快答应，但还是对美人的不期而至心存疑虑，再次问道："不知小姐姓甚名谁？"美人依旧以"邻家女"回答之。柳梦梅与美人的相似对话，持续了十多个晚上。有一天晚上，柳梦梅实在想要追根究底了，便坦率地对美人说："我们这样没有名分地同居在一起，也不是长久之计。如果你想与我做永久的夫妻，那你就告诉我你是哪家的千金小姐，我好让媒妁之人登门提亲。不知

你意下如何?"美人或许为其话所感动,或许被其话所催促,颇不情愿地说:

衙内勿惊,妾乃前任杜知府之女杜丽娘也。年十八岁,未曾适人,因慕情色,怀恨而逝。妾在日常所爱者后园梅树,临终遗嘱于母,令葬妾于树下,今已一年,一灵不散,尸首不坏。因与郎有宿世缘姻未绝,郎得妾之小影,故不避嫌疑,以遂枕席之欢。蒙君见怜,君若不弃幻体,可将妾之衷情,告禀二位椿萱,来日可到后园梅树下,发棺视之,妾必还魂,与郎共为百年夫妇矣。

这段话在柳、杜爱情中起着至关重要的作用。一则将美人的真实面纱完全揭开。虽然读者在行文中已经猜出,但当局者并未明白,故需要特意点出。二则表达杜丽娘对柳梦梅的一往情深。柳、杜二人的感情自杜丽娘的春梦即已开始,而现在又有十多个晚上的同居生活,感情进一步加深与升华,心灵的表白自然不可避免。三则预示了下文的还魂情节,将成就杜丽娘穿越阴阳的婚恋。

柳梦梅对于杜丽娘之魂的真情告白,可谓喜忧参半。喜的是终于获得心上人的芳心了,忧的是不知道父母大人是否同意。柳梦梅于次日来到母亲何氏房中,一五一十地讲述着最近经历的种种奇异之事。何氏当然不相信此事,只得告知柳恩。柳恩不敢擅自判断,建议询问一下原知府的门子。门子说,前知府杜宝确有一女,名叫杜丽娘,于一年前病亡,并葬于后花园的梅树之下。

这基本上印证了柳梦梅的讲述。柳恩非常吃惊，携夫人，率众人，前往后花园，发掘杜丽娘的墓冢。当棺板揭开后，令当场所有人都惊奇的是，杜丽娘的面颜如同活人一般。柳恩赶忙叫人用热水浇尸，并将尸体移到密室内，然后命女仆去其衣服，沐浴其身。经过此番沐浴，杜丽娘手脚开始有些活动，眼睛慢慢睁开，渐渐苏醒了过来。这时候，何氏又命人为杜丽娘穿好衣服。又过了一段时间，杜丽娘完全能够站立起来了，柳梦梅与父母简直不敢相信眼前发生的一切。小说这样描写此时的杜丽娘："身材柔软，有如芍药倚栏干，翠黛双垂，宛似桃花含宿雨。如似浴罢的西施，宛如沉醉的杨妃。"这是重获新生的杜丽娘，美丽依旧，娇弱依旧。

杜丽娘的重生，是柳家的一大喜事。柳家除大摆宴席庆祝外，还忙里忙外地准备柳、杜二人的婚事。婚期定于十月十五日。这是个月圆之日，也是柳、杜二人的爱情圆满之日。杜丽娘经历了游园、慕色、魂游、还魂，终于修成正果，最终嫁给了自己的梦中情人。柳梦梅经历了因梅而生、偶拾美图、与魂结合、帮助还魂，终于娶到了自己的心上人。一个为爱而死，为爱而生，一个与美为伴，与美永生，讲述着永恒的爱情主题。

柳、杜二人不仅在爱情上以大团圆为结局，还在相关方面也以大团圆为结局，比如柳梦梅喜中二甲进士，杜丽娘还育有二子，均居显官。

综观柳、杜二人的爱情故事，我们可以这样总结："情不知

所起，一往而深。生者可以死，死可以生。生而不可与死，死而
不可复生者，皆非情之至也。"（汤显祖《牡丹亭·题词》）杜丽
娘由生而死，又由死而生，故事近乎荒诞，但"至情"却是如此
真实。无怪乎汤显祖在此基础上，将其改造成文学的经典。

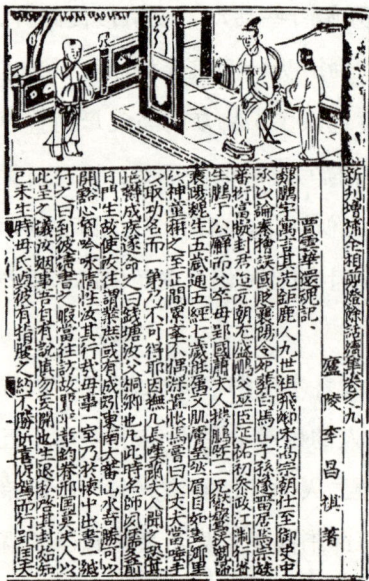

《贾云华还魂记》
（日本天理大学藏本）

明代还魂爱情小说除本篇
外，还有另外一篇值得关注，
那就是《贾云华还魂记》。这
部中篇传奇为李昌祺所作，收
录于其小说集《剪灯余话》之
中。小说讲述的是魏鹏与贾云
华的爱情故事。魏鹏，字寓
言，湖北襄阳人。贾云华，字
娉娉，浙江杭州人。魏、贾两
家是故交，他们二人曾被指腹
为婚。在元朝至正年间，魏鹏
曾屡试不第，其母萧夫人打发
他前往杭州散心，并拜见故
交。当魏鹏与贾云华相见后，
可谓一见钟情，两情相悦。于是，魏鹏向未来的岳母莫夫人提及
当年指腹为婚的事情，莫夫人只是顾左右而言他，并让他们只能
以兄妹相待。魏鹏返乡后，接连高中。两年后，魏鹏以江浙儒学
副提举的官衔，再次来到杭州，再次向莫夫人提亲。莫夫人再次

拒绝。此时，魏鹏听闻母亲病故的噩耗，立刻返回襄阳，并守制三年。贾云华在魏鹏走后，不吃饭不睡觉，加上与家人同赴其弟的陕西咸宁县尹任上，途中劳顿，不久病亡。魏鹏在守制期间，听闻贾云华病亡，发誓终身不娶。守制结束后，魏鹏升迁为陕西儒学正提举，赴任路过咸宁县，晚宿公署，梦贾云华来访，并告知她将借尸还魂。那年年底，果然有长安县丞宋子璧室女暴卒，三天后复苏，自称是贾云华还魂，并对贾家人事颇为熟悉。贾家上下莫不惊奇。莫夫人将此事告知魏鹏，并让他与借尸还魂的宋月娥，在提举公廨里成婚，以缔结以前未了的姻缘。李昌祺自称此篇小说源自《柔柔传》，但《柔柔传》已佚不可考。但从内容上看，与前面的《娇红记》多有相似之处，当受《娇红记》的影响无疑。这也得到台湾学者陈益源的证实，参见其论文《〈贾云华还魂记〉考》（《北京图书馆馆刊》1996 年第 2 期）。

与还魂爱情故事相似的，还有离魂爱情故事。据学者邓绍基考证，最早的离魂爱情小说，当追溯到南朝宋代刘义庆所撰《幽明录》中的《庞阿》。《庞阿》说的是一位石姓女子，离魂追随"美容仪"男子庞阿，在庞阿的妻子病故后，与庞阿成婚。离魂爱情小说最为有名的是唐代陈玄祐的《离魂记》。此篇描写的是衡州（今湖南衡阳）官员张镒曾许诺把女儿张倩娘嫁给外甥王宙，后来却赖婚，并将张倩娘许配给他人。此时，张倩娘已与王宙情投意合。王宙愤然离开张家，乘船而去。张倩娘离魂追随，与王宙私奔至蜀地。五年后，他们携二子回衡州，并讲述经过。

最后，张倩娘躯魂合一，全家团聚。

综上所述，还魂爱情故事的特征，是指人已死，或自身还魂，或借尸还魂，与恋人结为夫妇。离魂爱情故事的特征，是指人未死，灵魂离开躯体，独立行事，后又魂归躯体，与意中人结为夫妇。其中，还魂者与离魂者多为女性。

参考文献

［1］上海师范大学古籍整理小组校点：《国语》，上海：上海古籍出版社 1978 年版。

［2］（西汉）司马迁撰：《史记》，北京：中华书局 1959 年版。

［3］（西汉）刘向撰：《续列女传》，《文渊阁四库全书》本，北京：商务印书馆 2006 年版。

［4］（东汉）班固撰，（唐）颜师古注：《汉书》，北京：中华书局 1962 年版。

［5］（东汉）班固撰：《汉武故事》，《文渊阁四库全书》之《古今说海》本，北京：商务印书馆 2006 年版。

［6］（三国）曹丕撰：《列异传》，《影印文渊阁四库全书》本，台北：台湾商务印书馆股份有限公司 2008 年版。

［7］（东晋）干宝撰：《搜神记》，《丛书集成初编》本，北京：中华书局 1985 年版。

［8］（南朝宋）范晔撰，（唐）李贤等注：《后汉书》，北京：中华书局 1965 年版。

［9］（南朝梁）萧统编，（唐）李善注：《文选》，上海：上海古籍出版社1986年版。

［10］（唐）李冗撰，张永钦点校：《独异志》，北京：中华书局1983年版。

［11］（后晋）刘昫等撰：《旧唐书》，北京：中华书局1975年版。

［12］（北宋）欧阳修、宋祁撰：《新唐书》，北京：中华书局1975年版。

［13］（北宋）李昉等撰：《太平御览》，北京：中华书局1960年版。

［14］（北宋）乐史撰：《太平寰宇记》，《丛书集成初编》本，北京：中华书局1985年版。

［15］（元）脱脱等撰：《宋史》，北京：中华书局1977年版。

［16］（明）李昌祺编撰：《剪灯余话》，《古本小说集成》本，上海：上海古籍出版社1994年版。

［17］（明）顾元庆辑：《阳山顾氏文房小说》，《北京图书馆古籍珍本丛刊》本，北京：书目文献出版社1998年版。

［18］（明）胡应麟：《少室山房笔丛》，北京：中华书局1958年版。

［19］（明）林近阳增编：《新刻增补全相燕居笔记》，《古本小说集成》本，上海：上海古籍出版社1991年版。

［20］（明）冯梦龙编：《古今小说》，《古本小说集成》本，

上海：上海古籍出版社 1994 年版。

［21］（明）冯梦龙编：《警世通言》，《古本小说集成》本，上海：上海古籍出版社 1994 年版。

［22］（明）冯梦龙编：《醒世恒言》，《古本小说集成》本，上海：上海古籍出版社 1994 年版。

［23］（明）冯梦龙编：《情史》，《古本小说集成》本，上海：上海古籍出版社 1994 年版。

［24］（明）冯梦龙改编，（清）蔡元放修订，陈先行、李梦生点校：《东周列国志》，上海：上海古籍出版社 2012 年版。

［25］（清）刘廷玑撰，张守谦点校：《在园杂志》，《历代史料笔记丛刊》本，北京：中华书局 2005 年版。

［26］（清）赵祥星修，钱江等纂：《康熙山东通志》，南京：凤凰出版社 2010 年版。

［27］（清）彭定求等校点：《全唐诗》，北京：中华书局 1960 年版。

［28］（清）沈德潜选：《古诗源》，北京：中华书局 1963 年版。

［29］（清）蒲松龄撰，张友鹤辑校：《聊斋志异》（会校会注会评本），上海：上海古籍出版社 1978 年版。

［30］（清）曹雪芹、高鹗撰：《程乙本红楼梦》，日本仓石武四郎旧藏本。

［31］（清）阮元校刻：《十三经注疏》，北京：中华书局

1980 年版。

[32]（清）古杭艳艳生编，吴凤祥点校：《昭阳趣史》，武汉：长江文艺出版社 1993 年版。

[33] 张志熙等修，刘靖宇纂：《山东省东平县志》，台北：成文出版社 1968 年版。

[34] 汪辟疆校录：《唐人小说》，上海：上海古籍出版社 1978 年版。

[35] 徐宗元辑：《帝王世纪辑存》，北京：中华书局 1964 年版。

[36] 胡士莹：《话本小说概论》，北京：中华书局 1980 年版。

[37] 黄征、张涌泉编著：《敦煌变文校注》，北京：中华书局 1997 年版。

[38] 林辰：《中国古代爱情小说史》，沈阳：春风文艺出版社 2010 年版。

[39] 李战吉等：《古代爱情小说赏析》，北京：中国书店 2013 年版。

后 记

经过半年多，书稿的撰写终于画上了一个句号。这里既有一种如释重负的欣喜，又有一种惴惴不安的惶恐。欣喜的是书稿的撰写犹如女儿的成长一般，一点一点地积累，一天一天地长大。惶恐的是自己对爱情理解不充分，对故事撰写不满意。总之，撰写书稿形式上是在完成一种任务，而实质上又是在体验一种人生，体验自己对爱情的理解，体验自己追求完美的心境，体验自己克服困难的能力。之所以有以上感言，是因为他们的存在，故特在此一并感谢。

首先感谢的是程国赋师。作为博士生导师，程国赋师仍然一如既往地关心着已经毕业的弟子。我这次能进入《小说中国》系列丛书的撰写成员，完全是程师的抬爱，是对我的一种信任，也是对我的一种鞭策。同时，在书稿撰写的过程中，程师还提出了诸多建设性意见，特别是强调了书稿的学术性、知识性、趣味性以及可读性，尤其是图文并茂的建议更是一语中的，具有很强的指导性。

其次感谢的是我的夫人郁玉英女士。或许因她的词学研究出身，在我正式撰写书稿之前，她即提议在每篇篇首引用一首相关的经典诗词。这一合理化建议，当即被采纳。同时，有些标题的拟定，她有时也会提出一些很好的建议，令我收到一些意想不到的效果。另外，在撰写的过程中，我还经常与她交流故事情节与撰写心得。这些切磋，无疑又是书稿中的爱情故事的延伸。

还要感谢的是江曙师弟。他在我组织书稿撰写的过程中，成为作者与程师、暨南大学出版社之间沟通的桥梁，收集每位作者书稿，转达程师与出版社的意见。其中甘苦，自不待言。

最后要感谢的是暨南大学出版社及其编辑。正是他们辛勤的劳动，才使拙作得以付梓。

2016 年 1 月 2 日于吉安